EL BARCO DE VAPOR

Viaje contra el viento

Peter Härtling

Traducción de María Teresa Marcos Bermejo

sm

Primera edición: octubre 2001
Tercera edición: noviembre 2003

Colección dirigida por Marinella Terzi

Traducción del alemán: María Teresa Marcos Bermejo
Imagen de cubierta: Fuencisla del Amo

Título original: *Reise gegen den Wind*

Impresores, 15
Urbanización Prado del Espino
28660 Boadilla del Monte (Madrid)

ISBN: 84-348-8037-7
Depósito legal: M-43577-2003
Preimpresión: Grafilia, SL
Impreso en España / *Printed in Spain*
Imprenta SM - Joaquín Turina, 39 - 28044 Madrid

Entre 1944 y 1946 yo mismo viví mucho de lo que hoy día están experimentando los niños en África, en Bosnia o en cualquier otro lugar: la pérdida de los padres, la guerra... Pero en aquella época, como ahora, existían personas que eran como pequeñas estufas, personas que transmitían calor, con mucha experiencia, y sobre todo mucha seguridad y sosiego, dispuestas a rodearte con su brazo en cualquier momento.

Peter Härtling

1 *Parada y fonda*

—YA no puedo más –Bernd dejó caer las dos maletas, pesadas como el plomo. El sol de aquel mediodía de junio picaba a conciencia–. Estoy sudando como un hipopótamo.

Tía Karla también dejó sus maletas en el suelo.

—Los hipopótamos no sudan.

Bernd se desabrochó el abrigo y la chaqueta y levantó la vista hacia tía Karla.

—Pues estoy sudando igual que uno. ¡Chaqueta y abrigo con este calor!

Tía Karla paseó su mirada calle abajo. Algunas casas estaban destrozadas por las bombas y las granadas. No quedaban más que las fachadas. Ninguna parecía estar habitada. Delante de una cochera dormitaba un perrillo huesudo.

Se limpió el sudor de la frente con la manga.

—Sabes que las ropas de abrigo ya no cabían en la maleta. Este invierno las vamos a necesitar.

—En invierno ya se me habrá quedado todo pequeño –Bernd sonrió abiertamente y se lamió las gotitas de sudor del bigote. No se veía ni rastro de alma viviente. Nadie salía de casa, ninguna ventana se abría. Aquella ciudad inquietaba a Bernd. Se preguntaba si no habría huido todo el mundo–. ¿Se habrán largado todos?

—¿Por qué iban a dejar las casas con este calor?

—¿Sabes el nombre de esta ciudad?

—Pues claro. Estamos en Laa an der Thaya. Este era nuestro destino.

—¿Esto ya es Austria?

—Eso espero.

—¿Has estado aquí alguna vez?

—Que yo sepa, no. Tal vez en otra vida.

A Bernd no le gustaban aquellos comentarios de tía Karla.

—Es imposible que te acuerdes de otra vida.

—En eso tienes razón.

Por fin, algo se movía calle abajo. Un niño corría de una casa a otra, seguido por su madre.

—Deben de tener miedo de nosotros –dijo Bernd, observándolos.

—No somos los primeros refugiados que deambulan por aquí.

De pronto, Bernd notó lo agotado que estaba. Ya no podría arrastrar las maletas más allá. Tenía las manos desolladas. Le dolía la espalda. Sentía hambre y sed.

—¿Y ahora qué?

—Vamos a la estación. Quizá ya haya trenes funcionando –tía Karla le dio un golpecito en los zapatos con el suyo–. Vamos, chiquillo, o echaremos raíces aquí.

Tía Karla era su tía, pero también ocupaba el lugar de su madre desde hacía exactamente un año. Entonces, su madre se había ahogado en el río mientras nadaba. La rescataron del agua horas más tarde. Le falló el corazón. No podía olvidar aquella frase. Era cierto. Después de que les comunicasen por carta que padre había muerto en combate en Rusia, madre cambió. Parecía distante, perdida en sus pensamientos. Le falló el corazón.

Tía Karla se hizo cargo de él. Era la hermana mayor de madre. A él siempre le había inspirado un poco de miedo. Era alta y delgada, tenía los cabellos cortos, lisos, negros, pegados a su cabeza como una gorra reluciente. Su voz era oscura y ronca; llevaba invariablemente pantalón y chaqueta, y madre, que le tenía un gran afecto, decía: «Karla se comporta como un hombre y tiene la apariencia de un hombre». Y eso que tía Karla no soportaba a los hombres. Especialmente cuando llevaban uniforme. «Se les puede amaestrar como a perros. Yo no lo toleraría jamás.»

Bernd no opinaba lo mismo. Después de todo, desde que estaba en las Juventudes del Pueblo[1], también él llevaba uniforme.

Ahora se hallaban de paso, sin saber exactamente adónde iban. Los alemanes debían abandonar Brünn, porque los rusos habían derrotado a Hitler. Y porque ahora los checos reclamaban para sí su territorio. A pesar de que los alemanes habían estado conviviendo con los checos desde hacía una eternidad. Tía Karla y él pudieron permanecer allí durante una temporada, porque un amigo checo los acogió. De ese modo, no tuvieron que hacer a pie el camino hacia la frontera, como tantos otros. No. Ellos pudieron viajar en tren hasta Nikolsburg. Aunque desde allí sí tuvieron que caminar hasta cruzar la frontera con Austria. Llevaban ya tres días de viaje.

Tía Karla le había prohibido hablar una sola

---

[1] Durante el mandato de Hitler y los nacionalsocialistas, niños y jóvenes eran obligados a ingresar, en mayor o menor medida, en organizaciones. De los diez a los catorce años pertenecían a las Juventudes del Pueblo; a partir de los catorce los chicos ingresaban en las Juventudes Hitlerianas (HJ), y las chicas, en la Liga Femenina Alemana (BDM).

palabra en aquel tren abarrotado de gente. «Tienes que hacerte pasar por un mudo tonto. No deben identificarnos como alemanes. O nos echarán fuera en la siguiente estación.» Tía Karla dominaba igual de bien el checo que el alemán.

Consiguió no decir ni una sola palabra. Por lo cual tía Karla le felicitó: «De vez en cuando podrías dedicarte a hacerte el mudo. Así no me darías tanto la lata, so cotorra». Estaba claro que exageraba, como siempre.

Ahora caminaron por la calle desierta, soltando de vez en cuando las maletas. Tía Karla constató que los bombardeos recientes habían deteriorado bastante la ciudad. A Bernd aquello le era indiferente. Estaba deseando que aquella cansada marcha se acabase cuanto antes. Además, tenía la cabeza hecha un lío. «Esto es de locos –pensaba–, apenas hace nada teníamos una casa. Vivía con tía Karla en Brünn. Iba a la escuela, tenía un montón de amigos, y ahora todo se ha ido al garete. Ya no podemos vivir allí porque somos alemanes.»

Era principios de junio de 1945. La guerra había acabado, pero aún no se había instalado una auténtica paz. Hitler estaba muerto, pero la gente seguía afirmando que había sido un gran *Führer*.

—¿Crees que por aquí se va a la estación?

Tía Karla asintió vagamente con la cabeza.

—Tengo sed.

—Yo también –tía Karla dejó escapar el aire entre los dientes.

—Y también hambre –añadió él en voz más baja.

Tía Karla parecía estar pensando cómo consolarle. Al final se limitó a decir:

—¿Algo más?

—Sí, vas demasiado deprisa.

Sin mediar respuesta, aminoró el paso. Aquello le parecía un milagro: iban directos a la estación. No podía compararse con la de Brünn. Se trataba de un pequeño edificio blanco con el tejado oscuro, en cuyo centro se asentaba una pequeña torre. Probablemente, desde allí arriba el jefe de estación observaba la salida y llegada de los trenes. La sala de espera estaba a rebosar de gente. Tía Karla se detuvo.

—Debería habérmelo figurado. Los demás no iban a ser más idiotas que nosotros. Están esperando el tren, si es que viene alguno.

Ya nada la retuvo. Salió disparada. Bernd apenas podía seguirla. Balanceando las maletas se abrió paso entre la multitud. El chico la seguía como una sombra. Se detuvo delante de un empleado de la estación. Bernd se quedó entre ambas maletas y se cobijó tras ella. No se anduvo con rodeos.

—Por favor, ¿podría darme alguna información? ¿Algo que pueda serme útil?

Tuvo éxito. El funcionario la miró fijamente, hizo una ligera reverencia y dijo en voz baja:

—Por favor, acompáñeme a la oficina, señora.

Incluso como refugiada, tía Karla seguía siendo tía Karla. Le enorgullecía que la llamasen señora.

La oficina era minúscula, olía a cera y a humo de tabaco. El calor era sofocante. Bernd apenas podía respirar. Tía Karla resolló y exclamó:

—¡Jesús!

El funcionario se sentó, ofreció a tía Karla la silla que quedaba y Bernd se colocó detrás de ella.

—¿Su hijo? –preguntó el funcionario.

—Bueno, sí –contestó tía Karla.

—Supongo que quiere usted saber si puede seguir viajando desde aquí en tren –por la forma ceremoniosa de expresarse, parecía creer en la posibilidad de que los trenes tenían que llegar a la estación de Laa an der Thaya–. No, de momento no hay tráfico regular.

—Ya me lo imagino –dijo tía Karla.

—En cualquier momento puede llegar alguno, en cualquier momento se normalizará todo –el hombre se inclinó hacia delante. Tía Karla se echó hacia atrás para no inhalar su aliento–. Así que no nos queda más remedio que esperar.

El funcionario lucía bigote y perilla.

—Tenga cuidado con sus pertenencias –advirtió–. Hay mucho granuja rondando por aquí.

—Apenas llamaremos la atención –tía Karla sonrió y miró por la ventana. Dos mujeres estaban curioseando desde fuera–. Somos como ellos.

—Por favor, señora.

—De las distinciones se encarga usted. Por cierto, mi nombre es Orlowski, Karla Orlowski. Y este es Bernd.

—Huber –el hombre inclinó el torso y repitió tres veces su nombre. Después adoptó una pose más profesional–. A ver, ahora voy a darle una dirección. Allí la Cruz Roja le proporcionará comida y, a lo mejor, también alojamiento.

Tía Karla se puso en pie, buscando a tientas las asas de las maletas.

—Gracias –dijo–, tal vez.

El funcionario también se levantó.

—No está lejos. El comedor está en el sótano.

—Lo raro sería al revés, el sótano en el comedor –tía Karla empujó a Bernd hacia delante.

El funcionario les abrió la puerta y murmuró:

—Debería usted permanecer cerca de la estación durante el día. En cualquier caso, se anuncia la llegada de trenes con poco tiempo.

Encontraron el comedor-sótano sin grandes

dificultades y fueron cordialmente recibidos por varias mujeres que llevaban en la manga el distintivo de la Cruz Roja.

Bernd se sentía desfallecer. Los brazos colgaban como inertes de su cuerpo, le dolían las manos. Empapado en sudor bajo la chaqueta y el abrigo.

Alguien colocó entre sus manos un plato de hojalata con comida.

—Siéntate, pero come despacio –la sopa estaba templada y sabía a harina requemada.

Los mayores hablaban por encima de su cabeza.

—¿De dónde vienen ustedes?

—De Brünn.

—¿Y cuánto tiempo llevan viajando?

—Tres días.

—Y el chico –preguntaron–. ¿El chico?

La sopa, o lo que fuese aquel puré correoso, subió como si fuera un ascensor. Bernd no pudo evitar abrir la boca, contraerse y todo aquello se derramó sobre el suelo. Ni siquiera había sentido náuseas.

—Ay, Dios mío –oyó decir.

—Ha comido demasiado deprisa –comentó una mujer.

—No, no –la contradijo otra–, lleva demasiado tiempo sin comer lo suficiente.

Tía Karla se sentó a su lado y le puso la mano bajo la barbilla.

—Hay cosas peores –le consoló. Cuando algo marchaba mal, solía decirlo a menudo.

Estaba a punto de quedarse dormido, de derrumbarse por completo. Las mujeres seguían charlando.

—La casa de al lado –decía una mujer– solo tiene una parte destrozada por las bombas; en el sótano se instaló una familia de Prossnitz. No sé si seguirán allí. En todo caso, pueden alojarse en la planta baja, allí encontrarán todo lo necesario. Hay unos camastros y unas mantas. Hay incluso un armario y un par de sillas. Si va a quedarse más tiempo, tendría que hacerse con una mesa.

Tía Karla lo agarró por el cuello del abrigo y tiró suavemente de él.

—Solo un par de pasos más, muchacho.

De pronto se hallaba tendido en una cama oxidada, envuelto en una manta, y se durmió inmediatamente.

De todos modos, tía Karla no le dejó dormir todo lo que hubiese querido. De pronto lo despertó, sacudiéndole, y contempló por encima de él una franja de cielo azul, como si lo hubiesen pintado en el techo de la habitación. Se quedó mirando, para orientarse.

Tía Karla también miraba hacia arriba como él.

—Sí, ya no hay tejado. Los restos están en el jardín. En caso de que llueva tendremos que arrimar las camas a la pared. Aunque ahí también hay rendijas, pero no merece la pena hablar de ellas.

Señaló, orgullosa, la mesa que se había procurado entretanto. Así podrían cenar decentemente. La señora Trübner le había dado un poquito de queso y algo de pan. Era la mujer que estaba al cargo del sótano de enfrente. Acercó una silla junto a su cama y le contempló, preocupada.

—¿Te encuentras mejor, Prímula?

—No me llames así. Si no, voy a vomitar otra vez.

—¿Por qué no? Nadie nos escucha.

—Lo encuentro estúpido.

—Yo no.

Prímula, así le había llamado tras la muerte de su madre, mientras él luchaba infructuosamente contra las lágrimas. Lo había tomado entre sus brazos y había susurrado de pronto «Prímula», por encima de su cabeza. «Mi prímula.» Porque le había recordado, según le explicó más tarde, a una florecilla abatida, una prímula.

—Es un nombre de chica –se había defendido él.

Ella no se dio por vencida.

—A mí también me suena a chico.

Se sentaron a la mesa. Tía Karla le deseó buen apetito. Tenía que comer despacio y masticar. Masticar cada bocado. Le partió las rebanadas en trozos pequeños y se puso a darle de comer.

—Ya no vomitarás, muchacho.

—¿Y ahora qué va a pasar? –preguntó él entre bocado y bocado.

—¿Qué va a ser? –tía Karla sacó su polvera del bolso de mano e hizo una mueca ante el espejito–. ¿Qué va a ser? –repitió–. Primero dormiremos bien y después esperaremos hasta que empiecen a pasar trenes por este poblacho.

—¿Y cuándo será eso?

Tía Karla se empolvó la nariz y cerró la cajita con un pequeño chasquido.

—Bueno, no creo que nos aburramos.

—¿Estás segura, tía Karla?

—Lo que importa es que tengamos un tejado sobre nuestras cabezas –contempló teatralmente el techo agrietado de la habitación–. Y que no se nos venga encima. Y ahora, buenas noches, mi niño.

2 *Persecución*

Lo despertó un fuerte silbido. Tenía la impresión de haber estado durmiendo al menos durante dos días y dos noches. Se frotó los ojos con insistencia y se puso a escuchar. No veía a tía Karla por ninguna parte. El concierto de silbidos se interrumpió de golpe.

—¿Por qué estás silbando? -exclamó.

No entró por la puerta, sino a través de un hueco de la pared, en el que no se había fijado anoche. No solo el techo estaba resquebrajado.

—No soy yo. Son las ratas.

—Las ratas no silban.

—Qué sabrás tú. Cuando les parece, silban a coro. Y ahora vienen los rusos.

Desde anoche se había transformado extrañamente, llevaba el abrigo del revés. Su rostro y manos parecían especialmente sucios. Llevaba puesto un pañuelo en la cabeza y unas greñas caían sobre su frente.

—Pero si ayer no vimos ningún soldado.

—Habrán tenido una tregua. Hoy están registrando todas las casas. Quizá busquen a alguien, un nazi. Aunque también puede que solo necesiten algo de animación.

—¿Y por qué te has puesto tan horrible?

—Estoy interpretando el papel de vieja, Prímula. Suelen respetar a las mujeres mayores. Aunque no siempre.

—¿Y yo qué papel tengo que hacer?

—Algo que no te resultará difícil: un muchacho refugiado a punto de cumplir trece años, hambriento y bastante agotado. ¡Ahora levántate! No podemos lavarnos. No sale agua del grifo de la cocina.

Como había dormido con la camisa y los pantalones puestos, solo tenía que calzarse los zapatos. Tía Karla insistió en que desayunase rápidamente y se guardase en su mochila el resto del pan. Inquieta, se paseó de arriba abajo por la habitación, por cuyas ventanas, sin cristales, la brisa matutina arremolinaba el polvo llevándose por delante la suciedad.

Bernd se preguntaba quién habría vivido allí. Fuera quien fuese, se había largado. Tal vez por miedo o porque eran nazis importantes.

Afuera los gritos fueron en aumento. Alboroto. No hubo más que un disparo. Tía Karla interrumpió sus pasos, posó un brazo sobre sus hombros.

—Es mejor que nos sentemos. Resulta más natural. Además, no tenemos que abrir una puerta, porque no la hay.

Una tropa completa de soldados entró bruscamente. Muchos llevaban las gorras audazmente echadas hacia la nuca. A Bernd le pareció que resoplaban como caballos.

Tía Karla se encogió como por arte de magia. Otra vez aparentaba tener muchos más años. Un soldado se acercó a ella. Unos ojos grandes, amistosos y asombrados destacaban sobre su ancho rostro, enrojecido por el sol. Debía tratarse del oficial. Puso una mano sobre el hombro de Bernd y echó un vistazo a la encogida tía Karla, casi perdida en su abrigo vuelto.

—¿Tu *babuschka*? –preguntó. Bernd conocía la palabra. En checo, abuela se decía así.

—Sí –contestó.

—Bien, bien –el oficial acarició la espalda de Bernd, pero de pronto cambió de humor. Tiró violentamente del chico y lo empujó delante de sí. Asustada, tía Karla se olvidó de que estaba representando el papel de *babuschka*, se incorporó y se colocó al lado de Bernd. Tenían a los soldados delante y a ambos lados de ellos. Detrás, el oficial exclamó–: *¡Dawai, dawai!*

Los soldados los empujaron hacia la calle. Tía Karla cogió a Bernd de la mano, agarrándolo con fuerza, y susurró:

—No te alejes de mí, muchacho. Estos cosacos no deben separarnos.

Era evidente que no pensaban hacerlo.

Como si hubiesen escuchado una orden imperceptible, todos los soldados del Ejército Rojo se dieron media vuelta, corrieron de nuevo hacia la casa y empezaron a disparar sobre la habitación vacía.

—Deben estar combatiendo con fantasmas –sentenció tía Karla, meneando la cabeza.

Los soldados desaparecieron de nuevo en el interior de la casa.

—No creo que nos busquen a nosotros –tía Karla suspiró con fuerza, como si hubiera estado conteniendo el aliento durante todo ese rato.

—Espero que no se lleven nuestras maletas –Bernd estaba temblando, a pesar del calor.

—Me temo que siguen en guerra, aunque hace semanas que haya acabado –tía Karla apretó su mano y no le soltó.

A sus espaldas, metralleta en mano, los soldados salieron por la puerta uno detrás de otro. Bajaron sus armas, hablaban, reían y se alejaban paseando, como si no hubiese sucedido nada.

Bernd tiró de la manga de tía Karla. Quería volver para ver qué había pasado con las maletas. O bien estarían agujereadas por las balas, o habrían desaparecido. Tía Karla lo retuvo.

En ese momento se abrió tras ellos la puerta de una casa y una voz susurrante los apremió para que buscasen refugio.

—Son capaces de empezar de nuevo con el tiroteo –la mujer abrió lo justo para que pudiesen entrar. En el portal olía a patatas y tierra. No los dejó pasar más allá del pasillo. De repente los dejó plantados–. Se me va a quemar la sopa –dijo. Y para tranquilizar su conciencia añadió–: Aquí estarán a salvo. Soy la señora Bürstel.

Ellos se quedaron allí como petrificados y sin reaccionar, siguiendo con la mirada a la señora Bürstel, quien subió las escaleras a toda prisa.

—Bueno –dijo tía Karla. No se le ocurrió nada más.

—¿Has visto qué pelos más enmarañados?

El comentario molestó a tía Karla.

—Mira, Prímula, no está bien reírse de la gente. Al menos yo no lo soporto. Quién sabe, quizá la señora Bürstel pueda resultarnos útil.

Las esperanzas de tía Karla se vieron frustradas. La sopa de la señora Bürstel no se estaba quemando y su caridad se agotó enseguida. Les preguntó si sabían que en casa de la señora

Trübner daban de comer a los refugiados. Y, simplemente, abrió la puerta. Ahora el ambiente estaba despejado.

Efectivamente eso parecía. Las calles estaban llenas de vida. El polvo caliente formaba remolinos y se posaba sobre sus labios. La gente vestía ropa ligera de verano.

—Señor, debemos de dar la impresión de que no estamos bien de la azotea o de que acabamos de dejar atrás el invierno –tía Karla se arrancó el pañuelo de la cabeza y se despojó del abrigo que llevaba puesto del revés–. Quítate el abrigo tú también.

Él no le hizo caso.

—Así verán que somos refugiados.

Tía Karla lo miró desconcertada.

—No creo que nos sirva de mucho. Además, tú sigues sudando.

Un coche de caballos se encargó de que se olvidasen de la charla. Cerraron los labios y los ojos. El polvo caliente se colaba incluso por el rabillo del ojo, escocía y dolía. Un rato después, Bernd se atrevió a decir una sola frase:

—Ven, volvamos a nuestra casa.

Tía Karla soltó una carcajada.

—Está bien eso de nuestra casa, Prímula.

El miedo se había esfumado. Ya no le afligía nada. Tenía experiencia con el miedo. Ya había superado unos cuantos. Miedo, que, tras la muerte de su madre, lo sofocaba y paralizaba. Miedo, cuando tía Karla desaparecía de pronto y ya no sabía qué hacer. Miedo, cuando tuvieron que protegerse de las bombas en el sótano, en Brünn, durante toda una semana, cuando la tierra tembló un par de veces y él apenas se atrevía ni a respirar. O cuando entraron los soldados rusos en la casa de Brünn, agitando sus metralletas, y los sacaron a empujones hasta las escaleras. Era un miedo que se aferraba a sus piernas, que incluso le cegaba. O cuando se hacía el mudo en el tren y un hombre, que le observaba con desconfianza, le habló en checo y empezó a zumbarle la cabeza.

Las maletas estaban sanas y salvas. Sus mantas estaban encima de las camas. Tía Karla echó una ojeada y se ordenó a sí misma:

—Vamos a dejar este alojamiento tan ventilado. Aquí no estamos seguros. Los rusos están buscando a alguien. De todos modos tardarán un tiempo en apaciguarse.

—¿Y adónde vamos?

No llegó a contestarle. En el hueco de la pared había un hombre parado. Estaba sonriendo, parecía tranquilo y satisfecho. Como si hubiese venido de otra época, llevase un rato allí y estuviese esperándolos. Estaba allí de verdad y al mismo tiempo parecía irreal.

«Como una fotografía», pensó Bernd. Era un hombre muy alto, llevaba traje negro, relucientes zapatos negros, corbata oscura y camisa blanca. «Tiene que repugnarle el polvo y la suciedad», pensó Bernd.

Tía Karla no se dejó impresionar. Se puso al lado de Bernd.

—¿Le están buscando los rusos?

Como el hombre callaba, se respondió a sí misma.

—Es de suponer.

Una sonrisa se instaló sobre el rostro moreno y serio.

—¿Puedo ayudarla en algo, señora? –seguía sin moverse del sitio. Y tampoco su amabilidad impresionaba a tía Karla.

—No, gracias. Mejor déjelo estar. No sea que los rusos nos persigan también a nosotros.

La sonrisa se trocó en un gesto irónico.

—Mujer prevenida vale por dos.

—Bueno, con una basta.

El hombre se movió un poco e hizo una ligera reverencia.

—Maier, así me llamo.

Tía Karla no dio su nombre. Se puso tiesa y Bernd supo que intuía peligro. Tía Karla reaccionaba ante él como un termómetro al calor o al frío.

También el hombre se quedó inmóvil, escuchando.

—Podría ser... -dijo en voz baja.

—Yo, en su lugar, desaparecería. La patrulla sigue por aquí.

De pronto, ya no estaba. El hueco de la pared vacío, como si nunca hubiera estado dentro un hombre llamado Maier.

Al anochecer, en el sótano de la señora Trübner, cuando Bernd se sintió saciado con la sopa de guisantes y el cansancio cerraba sus ojos, el señor Maier reapareció inesperadamente, como una sombra, un recuerdo. Estaba en la puerta y observaba la escena.

—El señor Maier -exclamó Bernd, pero ya había desaparecido de nuevo.

La señora Trübner, quien seguía repartiendo sopa entre los recién llegados, levantó la cabeza, malhumorada:

—Bueno, solo nos faltaba que atraigas la desgracia.

Como tía Karla insistía en encontrar un alojamiento que no amenazase con derrumbar el techo sobre sus cabezas, decidieron quedarse exclusivamente a pasar la noche en casa de la señora Trübner. De todas formas, no salían ganando, precisamente. Tenían los colchones justo debajo de una escalera de madera, que conducía al primer piso, y que no dejaba de usarse constantemente, ni siquiera de noche. Pero a pesar de los temores de tía Karla, consiguieron dormirse.

—He soñado con él.

Tía Karla estaba a su lado, sentada en el colchón, con las piernas encogidas y los dientes rechinándole.

—¿Con quién?

—Con Maier.

Se incorporó, con cuidado de no golpearse contra la pared, y cruzó por encima de tía Karla.

—Yo le encuentro simpático.

—Yo no –y la tía aprovechó para añadir–: Espero que haya puesto pies en polvorosa definitivamente.

3 El fabuloso señor Maier

TÍA Karla consiguió hacerse con un sitio en la estación, un sitio permanente, el mejor, además. El jefe de estación había puesto a su disposición una silla plegable. Con ella podría pasearse por todo el recinto, buscando la sombra. Si no la necesitaba, inmediatamente la entregaba al uniformado para su custodia.

Naturalmente, aquello provocó suspicacias entre los que estaban esperando. Durante un par de días fue insultada, cercada y perseguida por mujeres enojadas. ¿Con qué derechos se creía? ¿Cómo es que poseía aquel privilegio?

Bernd admiraba aquel empeño de tía Karla en permanecer sentada. Explicó que ella misma se había arrogado el derecho y que ese privilegio tenía sus motivos.

—¿Qué motivos? –preguntaron a coro las mujeres.

Nada más lejos de su pensamiento que revelarles su secreto.

Bernd percibió la furia contenida de las demás y ahora sentía un poco de miedo por tía Karla.

No hubo necesidad. Después de algún tiempo, las mujeres no solo se acostumbraron a aquel privilegio, sino que cambiaron de humor y se dirigían cada vez más a menudo a tía Karla para buscar en ella consejo y ayuda. Además, pronto empezó a ceder su silla a otros.

Aparte del encargado de la estación, ella parecía la única informada. Les contaba con gran seriedad que la red de ferrocarriles había vuelto a la normalidad en toda Austria, excepto en Laa an der Thaya, localidad que estaba demasiado cerca de la frontera. Y comentaba que estaba claro que a los refugiados que aguardaban allí derritiéndose de calor tenían la intención de mandarlos al diablo. Lo cual no era un consuelo, pero sí el comienzo de una animada charla entre las mujeres y tía Karla.

Bernd se aburría. Los demás niños le parecían apáticos y bobos. Había una pandilla de chicos que pasaba de él. Eckhart, el cabecilla, vestía retales de un uniforme de las Juventudes Hitlerianas. Daba órdenes y los otros chicos le obedecían. Sin duda era el más alto, más gordo y seguramente también el más fuerte de todos. Todo lo que decía lo subrayaba gesticulando mucho con los brazos. A veces daba la impresión de que remaba en el aire caliente.

Tía Karla contemplaba a Eckhart, horrorizada, y recomendaba a Bernd que se cuidase de aquella estúpida fanfarronería. Que aquel chico podía inflarse cuanto quisiera hasta reventar.

De pronto tía Karla advirtió a la colorida multitud de la estación:

—Me parece que los rusos están a punto de venir...

Y así sucedió. Aparecieron dos camiones, los soldados se apearon, empezaron a concentrar a los refugiados, a cachear y sacudir con poca delicadeza a unas cuantas personas, y a revolver el equipaje, llevándose además alguna cosa de aquí y allá, sobre todo frasquitos de perfume.

Bernd observó cómo Eckhart se alejaba de su tropa y se arrimaba, asustado, contra un nicho del edificio, haciendo disimuladas señas a los soldados para que cogiesen a este o aquel y lo registrasen. Pero ellos no prestaban atención a sus gestos traicioneros. De modo que Eckhart, ahora insignificante, se acurrucó en su rincón.

Después de haberse marchado los camiones

con los soldados del Ejército Rojo, poco a poco fueron aplacándose los nervios. Algunos lloriqueaban, se quejaban de que les habían sustraído una armónica, un reloj o un frasquito de agua de colonia, que llevaban bien escondidos. Un hombre incluso se quejó de la pérdida de su documento de identidad.

—¡Me lo ha confiscado un ruso! –sollozó.

Pero tía Karla lo puso en duda.

—Probablemente –le susurró a Bernd–, se lo ha dejado en cualquier sitio para que nadie averigüe quién es en realidad.

Si fuese por tía Karla, la mayoría de los hombres con los que habían tropezado durante su huida tenían algo que esconder.

La mujer colocó su sillita más a la sombra. Y para mantener ocupado a Bernd, le mandó que se adelantase al «comedor social» de la señora Trübner, como lo llamaba ella.

—Procura que los otros no se coman también lo nuestro.

Él se lo tomó con cierta calma. Las mujeres no daban de cenar antes de las siete. Pero los refugiados para los que no había suficiente pan por la noche tenían que conformarse con los restos de la sopa recalentada. Así que era mejor llegar a tiempo. Ya no pasaba hambre, como durante el viaje entre el tren y la frontera. A pesar de todo, cuando aguardaba junto a los demás, aún seguía temiendo salir con las manos vacías.

Por la calle se encontró con gente a la que no conocía. Debían de ser recién llegados a la ciudad.

Un *jeep* ruso lo obligó a echarse a un lado. Entonces apareció a contraluz, como un espejismo, un elegante coche descapotable, un cabriolé negro, conducido por alguien a quien conocía. Al contemplarlo se aceleraron los latidos de su corazón. Tostado por el sol, el rostro rígido como una máscara, era el hombre de la pared. Aquel a quien andaban buscando los rusos. Ahora rodaba entre las casas derruidas como un príncipe en su carroza. Bernd no fue el único que se quedó parado observándole. El hombre miraba al frente, sin prestar atención a los curiosos, y el coche desapareció en una calle transversal. El insistente ruido del motor siguió oyéndose durante un rato.

Las mujeres del comedor lo recibieron con una novedad: le pusieron en la mano un croquis del camino y le hicieron marcharse inmediatamente. En la casa número 12 de la calle Znaimer había una habitación vacía. Él y tía Karla podrían vivir allí hasta que se marcharan en el próximo tren. Ya podía llevarse las maletas. La señora Pluhar le entregaría la llave.

No podía dejar de pensar en el hombre y su automóvil. Así que cuando volvió al comedor e informó a tía Karla acerca de la nueva habitación, preguntó casualmente a la señora Trübner:

—Hay un hombre que se pasea por la ciudad en un coche estupendo. ¿Es el alcalde? ¿O un estraperlista?

Tía Karla, siempre atenta a las novedades y a los chismes, fue la primera en reaccionar:

—¿Te refieres al tipo al que buscaban ayer los rusos?

El sótano estaba lleno a rebosar. La señora Trübner revolvía el recipiente de la sopa con una cuchara de madera larguísima, y su amiga, la diminuta señora Legal, con sus rizos blancos, iba colocando en fila las raciones de la cena sobre la mesa de madera. Untaba de forma mecánica la manteca, una pasta verdosa, sobre las rebanadas de pan.

—¿Te refieres al fabuloso señor Maier? Lleva tres meses por los alrededores, hace negocios con rusos y checos y seguramente no se llama así. Supongo que habrá sido oficial de las S.S. o de las Fuerzas Aéreas –la señora Trübner golpeó con la cuchara la superficie de la sopa y miró a Bernd a los ojos–. Yo, en tu lugar, lo evitaría igual que el demonio al agua bendita o la mantequilla al sol.

—Ese se debe de creer -dijo tía Karla- que por haber sido general, no va a dejar de serlo nunca.

A lo cual la señora Legal respondió con una risita y empezó a contar de nuevo las raciones:

—Una, dos, tres...

A la señora Trübner no le hizo ninguna gracia.

—Por lo que dice la gente, vive en una bonita casita en el barrio ruso, a pesar de que de vez en cuando los rusos se lo quitan de encima. Debe depender del tiempo. ¡Y esa gansa emperifollada que a veces aparece por la estación, esa bonita señorita Janowitz, es más o menos como él!

El fabuloso señor Maier acompañó a Bernd en sus sueños. Medio dormido ya, aún disfrutó de la ropa de cama recién lavada. Oyó cómo tía Karla, agradecida, acariciaba su almohada. Después se inclinó sobre él y lo besó en la frente.

—Mañana, a ver si es posible que te laves como una persona -dijo-. No hueles precisamente a rosas.

El hombre, el fabuloso señor Maier, apareció de nuevo en la pared. Bernd quiso explicarle que se había confundido de casa, porque ahora vivían en una habitación de verdad. Maier se remangó las mangas de su chaqueta y Bernd vio un bichito que trepaba por su brazo. «Fíjate –le animaba el señor Maier–, fíjate bien. Puedes pedir un deseo.» El escarabajo, que trepaba entre los pelillos negros del brazo, no era otra cosa que un diminuto cabriolé negro.

A la mañana siguiente, Bernd no podía recordar cómo seguía la historia. Deseaba que continuase. Porque aquel Maier, al contrario que a tía Karla, le parecía ciertamente asombroso.

Efectivamente, su patrona, la hermana menor de la señora Trübner, casada con un tal señor Pluhar, que había desaparecido hacía dos años en el frente del Este, puso a calentar agua en la cocina, de modo que volvieron a sentirse como personas, tal y como comentó tía Karla después de lavarse.

4 *El oro no se come*

VIOLENTAS tormentas interrumpieron los días calurosos. Llovía a cántaros y las aguas caídas del cielo arrastraban a los refugiados al interior de la pequeña sala de espera de la estación, en la cual apenas encontraban sitio, eso después de enconadas peleas. Aquellos reiterados conflictos traían al fresco a tía Karla. Se sentaba en su silla plegable justo debajo de la ventanilla del despacho de billetes. De este modo conversaba con Huber, el jefe de estación, quien se quedaba atrincherado detrás de la ventanilla.

Bernd se dio cuenta de pronto, de que, curiosamente, el señor Huber había rejuvenecido y estaba cambiado. Habían desaparecido el bigote y la perilla. Parecía desnudo. A tía Karla no le pasó inadvertida la mirada de asombro de Bernd. Le hizo un gesto afirmativo. Pero se reservó el comentario sobre la transformación del señor Huber para cuando este abandonó por un instante su sitio en la ventanilla. Se rió disimuladamente, como una chiquilla.

—Sí, se ha quitado la barba.

—¿Por qué lo ha hecho?

—Bueno, querrá ir a la moda. Y gustar a las damas.

El señor Huber volvió de nuevo a la ventanilla y gritó a la multitud:

—Señoras y señores, ha dejado de llover. Pero se acerca una nueva tormenta. Como puedo informarles de que para hoy no se espera la llegada de ningún tren, les rogaría, por favor, que abandonasen las instalaciones de la estación y buscasen alojamiento en el pueblo.

Hablaba como si lo tuviese grabado. Tía Karla opinaba que el señor Huber estaba dotado para aquel trabajo.

—Es un comunicador nato –sin embargo, ella no se movió de su sitio–. Espera a que se hayan marchado los demás.

A través de la puerta abierta entró una oleada de aire húmedo, denso, que olía a ropas sudadas, a tierra mojada. A lo lejos ya estaba tronando de nuevo.

—Vamos, chico; si no, nos mojaremos –tía Karla vio marcharse de la sala de espera al último, se levantó suspirando, plegó la silla y reprendió a Bernd por su impaciencia–. Ahora estate quieto, Prímula. Tenemos negocios entre manos. De todos modos, me pregunto si será sensato confiar en ti.

Resultó que los negocios se trataban de la señora Huber. Por lo visto, Huber tenía esposa. Una preciosa mujer vestida de tirolesa, que olía a perfume y que llevaba el pelo peinado hacia arriba y recogido en un moño, los labios y las uñas pintadas. A decir verdad, no formaba parte de aquel sucio mundo. Bernd era incapaz de apartar la vista de ella. El señor Huber los invitó a pasar por la puerta trasera, habitualmente protegida por unas retrancas de madera, y los condujo por la empinada escalera que llevaba al primer piso. Se sonrojó, lleno de orgullo, cuando se la presentó:

—Mi mujer –y se retrajo, algo apurado, al dirigirse a la segunda dama, que se había quedado sentada en el sofá y ahora se levantaba vacilante.

Bernd, quien no se despegaba de tía Karla, le estrechó la mano primero a una, luego a la otra. La otra era la señorita Janowitz. Le pareció aún más impresionante y hermosa que la señora Huber. Al menos no tan atolondrada. Pero estaba claro que tía Karla más bien la desaprobaría. Contemplar a la señorita Janowitz era averiguar lo que era un talle de avispa. Llevaba un vestido negro. Entre el torso y las caderas, un cinturón rojo de charol le ceñía el cuerpo de tal modo que daba la impresión de que iba a partirse en dos trozos.

El señor Huber rogó a tía Karla que tomase asiento.

Las dos elegantes damas volvieron a sentarse en el sofá. El señor Huber se sentó también e indicó a Bernd que se acomodase entre ambas mujeres.

—Por favor -le invitaron estas a coro. Él se dio media vuelta, rodeando la mesa baja lo más rápido posible y se dejó caer entre ambas. Inmediatamente se vio envuelto en una nube de perfume y polvos de maquillaje. La señorita Janowitz se encargó de terminar con el agradable aroma. Encendió un largo cigarrillo, un Virginia, como si fuese lo más natural del mundo que una señorita como ella fumase cigarrillos.

Bernd no le quitaba los ojos de encima a tía Karla. El señor Huber se retiró hacia la ventana.

Tía Karla estaba sentada, tiesa, y con la mirada fija en un punto sobre la cabeza de Bernd.

La señora Huber se rió disimuladamente, se levantó, sacó del aparador unos vasitos de licor y una botella. A él no le dieron nada. La señora Huber sirvió el aguardiente y brindó. Todos se bebieron de un trago el contenido de los vasitos. «Si pretenden emborrachar a tía Karla –pensó Bernd–, tendrán que brindar cien veces más.»

Pero no debía de ser esa la intención de la señora Huber. Se inclinó hacia delante y se puso a «negociar».

—Bueno, ¿qué tiene pensado cambiar?

¿Cambiar? ¿Qué se traían entre manos las mujeres? A Bernd le entró un poco de miedo. Esperaba que la cosa no tuviese nada que ver con él.

Tía Karla rebuscó dentro de su insondable bolso de mano. Todos la miraban intrigados. Incluso el señor Huber dio un paso adelante.

Tía Karla suspiró. Solo suspiraba de ese modo cuando esperaba compasión. Por fin había encontrado lo que buscaba. Era una gargantilla de oro, de la cual pendían tres grandes colgantes amarillos y transparentes: ámbar.

—Bueno –dijo, señalando la cadena con la cabeza–, esto es lo que ofrezco.

La señorita Janowitz y la señora Huber emitieron distintos sonidos, igual que los pájaros: gorjearon y piaron. Trinos de comerciante.

Bernd sabía que, tras la entrada de los rusos, tía Karla llevaba siempre sus joyas pegadas al cuerpo, en una especie de cinturón de lino debajo de los pantalones. Seguramente el collar era parte de ese tesoro. Pero ¿por qué querría deshacerse precisamente de esa joya y precisamente ahora?

—¿Qué me dan a cambio? No lo puedo ofrecer por la comida. Sería pagar demasiado. Así que necesito tres o cuatro joyas equivalentes a su valor, una de las cuales se la daría a la señora Trübner.

La señorita Janowitz se rió con disimulo.

—Claro, claro, nadie da nada por nada. Incluso la caridad tiene su precio.

—No puedes hacer eso –dijo Bernd, de pronto, sin querer.

Todos le miraron perplejos.

—Anda, escuchad eso... –dijo el señor Huber.

—Qué chico más fresco –sentenció la señorita Janowitz.

—Chis... –siseó la señora Huber, como si fuese un perro o un gato.

—No me queda más remedio –se disculpó tía Karla en voz baja.

—Pero ese collar era de mamá –dijo él con voz segura.

—Lo sé, podría haber cogido alguna joya mía. Solo que no podría cambiarla por tres.

—Si tú lo dices.

Los mayores sencillamente se olvidaron de él, se pusieron a examinar otra vez el bonito collar, y la señora Huber mostró las «joyas intercambiables»: un reloj de pulsera, una gruesa pulsera de plata y dos pendientes brillantes.

—De acuerdo, yo no soy una especialista en joyas –tía Karla cogió las piezas una a una en su mano y parecía estar sopesándolas–. Sería una desgracia que tratásemos de engañarnos.

—Bueno, bueno –comentó el señor Huber.

La señora Huber se probó el collar. Bernd estuvo a punto de saltar sobre ella y arrancárselo del cuello. Cosa que ella pareció intuir. Se colocó el brazo sobre el pecho, a modo de protección, asintió con la cabeza a tía Karla y dijo:

—Es posible que en cuestión de semanas desaparezca el marco del Reich y sea sustituido por nuestro viejo chelín de siempre.

Tía Karla envolvió las joyas en un paño, se metió el hatillo debajo de la blusa y de repente se levantó. Cuando bajaban por la escalera de madera, después de haberse despedido del señor y la señora Huber y de la señorita Janowitz, dio rienda suelta a su cólera:

—¡Los austríacos! Menudos elementos. No hace ni seis años que estaban aclamando en Viena a Hitler como su querido *Führer*, y ahora, de repente, se comportan como vencedores y ya no se acuerdan de nada, y nos miran a los refugiados por encima del hombro como si fuésemos chusma con sarna –aquello casi era un discurso.

No obstante, a Bernd le importaban bien poco los austríacos. Quería saber a toda costa si era cierto que tía Karla tenía que pagar la comida diaria del comedor.

—¿Crees que a la buena de la señora Trübner le dan gratis el pan, la harina, los guisantes y las zanahorias?

Él asintió con la cabeza. Tía Karla le empujó con el puño.

—Vive de nosotros, Prímula, no para nosotros. A eso se le llama, en tiempos de guerra y en tiempos de paz, *hacerse un favor a sí mismo.*

La luz era tan cegadora, que por unos instantes el chico cerró los ojos.

—El oro no se come, Prímula, qué vamos a hacerle –continuó la mujer.

5 La vagoneta

SEGÚN dijo ella misma, la señora Pluhar les había proporcionado lo primordial. En su habitación podrían incluso lavarse y cepillarse los dientes. Había colocado encima de una cómoda un jarro de agua y una gran jofaina. Lo cual le costó a tía Karla perder casi media tarde, porque la señora Pluhar no paraba de charlar.

—Esa mujer no es una charlatana, es más bien una cotorra –sentenció más tarde, agotada.

Aquella noche los disparos los arrancaron de sus sueños.

—Los rusos están lanzando granadas al río Thaya –explicó la señora Pluhar, refiriéndose a la algarabía nocturna–, y los peces mueren, porque se les revientan las vejigas. Es más cómodo pescar así, sin red ni caña. Ya nos hemos acostumbrado a ello. Si los chicos están de buen humor, igual nos regalan un par de peces.

A media mañana tía Karla le envió a la estación. Bastaba con que uno de ellos estuviese atento; seguro que quedaría tiempo suficiente para hacer las maletas.

—Si no, móntate en el tren y márchate.

—¡Pero tú tienes que venir!

—Ya nos volveremos a encontrar –a veces, tía Karla podía ser extraordinariamente insensible.

Caminaba despacio, se detenía, agachaba la cabeza. Se sentía muy solo. Desde la muerte de madre y, sobre todo, desde que había emprendido la huida con tía Karla y no sabían si llegarían alguna vez a algún lugar, la soledad se apoderaba de él de vez en cuando. Tenía la impresión de estar paseando completamente solo por aquella pequeña ciudad. Como si fuese empequeñeciéndose cada vez más, derretido por el sol hasta quedar reducido a un punto. El punto Bernd. El puntito Prímula. Pasaría desapercibido para cualquiera.

Se metió los puños en los bolsillos del pantalón y se percató de que el forro de uno de ellos estaba tan roto que podía pasar la mano a través de él. Se propuso pedirle a tía Karla que se lo remendase. A ella le desagradaba hacer aquellas tareas.

Estuvo pensando si debía pasarse por el comedor, pero ahora estarían cocinando y haría aún más calor dentro que fuera. Caminaba por la sombra. Ya de lejos vio que había poco movimiento alrededor de la estación. Con aquel calor, a la gente le era casi indiferente que llegase o no un tren.

Se puso a silbar, pensativo, atrayendo tras él a un perro.

—Lárgate –lo amenazó. Pero seguramente el perro habría oído a menudo aquella palabra y le siguió a cierta distancia.

No pasó mucho rato y la comitiva aumentó de tamaño. De una de las casas salieron dos niños, una niña y un niño, quienes gritaron a una mujer, que estaba asomada a la ventana:

—Vamos al río a darnos un baño.

No había otra perspectiva mejor. Corrió tras ellos. No se percataron de su presencia hasta que llegaron al río.

—¡Lárgate! –exclamó el niño, amenazándole con el puño.

La niña le llevó la contraria:

—Déjalo, Poldi –dijo, y le bajó el brazo al niño–. ¿Eres de los refugiados? –preguntó.

Bernd asintió con la cabeza y se acercó a ambos, cautelosamente, paso a paso. Lo mismo hizo el perrillo.

—¿Es tuyo? –preguntó la niña.

Él sacudió la cabeza.

—A ese ya no te lo quitas de encima –dijo ella.

El río llevaba poca agua. Impaciente, el perrillo se metió dentro de un salto y dejó que la corriente lo arrastrara un trecho.

—¿Cuánto tiempo llevas aquí?

La pregunta sorprendió a Bernd. Se puso a echar cuentas, días y noches, no estaba muy seguro:

—Casi una semana.

—Yo soy Leni –dijo ella, se quitó el vestido por encima de la cabeza, no llevaba puestas más que unas braguitas, y señaló con el dedo al muchacho–: Este es Poldi, mi hermano. Y tú, ¿cómo te llamas?

—Bernd. Bernd Neureuter. Bueno, ahora Orlowski.

Poldi, quien se había quedado solo con los calzones, avanzó un paso en dirección a Bernd.

—Entonces, ¿cuál es tu verdadero nombre?

Ojalá lo supiera. Bernd no había hablado nunca con tía Karla sobre ello. Para ella él era ante todo Prímula, cuando era necesario Bernd, y cuando los aduaneros checos le preguntaban por su nombre, ella contestaba en su lugar: Orlowski. Seguramente tenía pensado ponerle su propio apellido, puesto que ahora ya no solo era su tía, sino también su madre adoptiva.

Poldi seguía insistiendo, esperaba la respuesta de Bernd.

—Ahora me llamo Orlowski, por mi tía. Ella me ha adoptado. Porque mis padres ya no viven.

—Vaya –suspiró Leni, dio la espalda a ambos muchachos y entró de puntillas en el agua.

—¡Vamos! –le animó Poldi. Bernd se desvistió y se dejó los calzoncillos.

El río olía a peces muertos, a hierba. Durante un instante, Bernd se vio a sí mismo en la bañera, junto a su madre. Se puso a bucear, aguantó la respiración hasta que ya no pudo más, se impulsó hacia arriba desde el fondo cenagoso, cogió aire y se sintió totalmente vivo.

Leni señaló río arriba:

—Los rusos –dijo– siempre se bañan más arriba. No te imaginas cómo. Con el uniforme puesto o desnudos. Algunas veces pescan con granadas de mano. Después los peces muertos son arrastrados hacia abajo –golpeó el agua con las palmas de las manos–. ¡Atrapadme! El que llegue primero ganará.

—¿Y qué recibirá a cambio? –preguntó Poldi.

—Nada –se sacudió el agua del pelo–. Nada –repitió, y se fue nadando con la corriente, como un pez blanco.

Los dos niños salieron al mismo tiempo.

Bernd comprobó, aliviado, que Poldi no sabía nadar a crol como él. No le costó nada adelantar a su rival. Este no paraba de protestar a sus espaldas:

—¡Eso es trampa!

—¿Qué?

Poldi se limitó a hacer gárgaras.

Cuando el agua formaba espuma delante de él, resplandecía como si el sol estuviera remojándose. «Quizá –pensó Bernd–, las cosas vayan a mejor.» Leni había dejado de nadar, tocaba el fondo con los pies. El agua le llegaba al cuello.

Él se dejó arrastrar hacia ella y tocó su pecho con la cabeza.

—¡He ganado! –gritó. Durante un momento, lo agarró por los brazos, lo atrajo hacia ella y después lo apartó.

—Vamos a tumbarnos al sol, hasta que se nos seque la ropa –dijo, decidida.

Pero no llegaron a hacerlo. Acababan de encontrar un sitio, de poner sus cabezas bajo la sombra de un árbol, repantigarse un poco, y Poldi había dejado escurrir sobre su barriga el elástico de su calzón, cuando alguien carraspeó a sus espaldas. Carraspeó de tal manera, que los tres doblaron la cabeza como respondiendo a una orden y contemplaron al hombre desde abajo, como una torre negra. Bernd ya conocía al fabuloso señor Maier, como lo llamaban las mujeres del comedor. Sin asustarse ni demostrar asombro, Poldi comentó:

—El doctor.

—El doctor Maier –completó Leni.

—¡Arriba! No os quedéis aquí tumbados como unos vagos.

Bernd se sentó. Sus dos nuevos amigos se quedaron tumbados, tiesos como tablas.

—Usted no tiene por qué darnos órdenes –aclaró Poldi, algo vacilante.

—¿Quién te ha dicho eso? –se rió el hombre. A Bernd le pareció un loco y un extraño en aquel lugar y en esa época del año, con su traje negro, sus negros zapatos acharolados, tan pulcros, el pelo negro peinado hacia atrás. Tan solo sus ojos no eran negros, eran grises como un cielo cubierto de nubes.

Poldi siguió tumbado, cruzó los brazos por debajo de la cabeza, mientras Leni se sentaba, arrimándose tanto a Bernd, que sus brazos se rozaron. Él pensó que tenía miedo de Maier. Apretó su brazo contra el de ella.

—Usted ya no puede dar órdenes. Eso se ha terminado. Si no, le denunciaré –Poldi hablaba igual que un adulto.

El hombre le animó con un gesto afirmativo.

—Si no se te ocurre nada mejor, denúnciame. Pero piénsate a quién –después se dirigió a Bernd–: Me alegro de que hayas encontrado amigos. Seguro que con estos dos no te aburres.

También apareció el perrito, como si quisiese presentarse.

—Otro amigo más –se rió el hombre.

—¿Tenéis ganas de aventura? –Maier seguía insistiendo–. ¿De una auténtica aventura?

Bernd lanzó una mirada interrogativa a Poldi. Este se volvió inmediatamente de espaldas, se sentó y guiñó los ojos de cara al sol.

—No dispongo de mucho tiempo. Así que, ¡venid!

—¡Pero pobre de usted si nos engaña! –murmuró Poldi.

Caminaron en fila india detrás del señor Maier, en paños menores los tres, con las ropas bajo el brazo. El perrillo cerraba la marcha.

—¿Está muy lejos? –preguntó Leni a los pocos pasos.

—Algo más que tu paciencia –el señor Maier agarró a Bernd del brazo y lo acercó a él–: La señorita Janowitz me ha contado lo de la visita de tu tía a Huber y de que estuvieron intercambiando joyas. Habría sido más prudente dirigirse a mí. Yo puedo ayudarla. Díselo. Que no se te olvide.

—Claro que no –aseguró Bernd. Pero tenía sus dudas acerca de Maier.

Sin decir una palabra, anduvieron a marchas forzadas detrás del hombre, por un estrecho sendero serpenteante entre matorrales y árboles achaparrados. Hasta que Leni se dio cuenta de que sus bragas estaban secas. Antes de ponerse el vestido, mató a una mosca que tenía sobre la barriga.

—¡Aquí! –dijo el fabuloso señor Maier–. Ya hemos llegado –estaban en un claro. La hierba amarillenta y rala se extendía ante ellos como una piel de perro. Unos raíles, las vías del tren, aparecieron de la nada, y sobre ellos había un vagón, una máquina, que Bernd no había visto nunca. El señor Maier señaló el curioso aparato con ambos brazos–. Bueno, ¿qué os parece que puede ser?

Se aproximaron despacio.

—Es el armazón de una locomotora –opinó Leni, pensativa, a lo que el señor Maier aplaudió.

—Podría llamarse de ese modo –accedió, dirigiéndose a la chica–; ese chisme se llama vagoneta. Inventada por un tal Drais. Echadle un vistazo.

Leni fue la primera que se atrevió. Trepó sobre la plataforma, se sentó sobre uno de los bancos de madera, cruzó los brazos sobre el pecho y gritó:

—¡Venid!

Los chicos no se hicieron rogar dos veces y el perrillo los siguió. Se sentaron juntos y observaron la vía, que desaparecía al final del claro del bosque.

El fabuloso señor Maier se encaramó a su vez a la vagoneta, se hizo un hueco sobre el banco, entre Bernd y Poldi, y les demostró lo que era capaz de hacer aquella máquina. Soltó el freno, agarró con ambas manos el manillar de la larga palanca, y tiró de él arriba y abajo. La vagoneta empezó a moverse.

—¡Está andando! -exclamó Leni.

—No me lo puedo creer -murmuró Poldi.

Bernd se había quedado sin habla. Ya no se encontraba en Laa an der Thaya, ese poblacho que un par de días antes ni sabía que existía. Un sitio donde casi todo el mundo estaba esperando un tren. ¡Y él estaba viajando! Estaba viajando en un tren que no podía ser real. Estaba viajando derecho a un sueño desde Laa an der Thaya.

—¿Puedo probar? -preguntó al señor Maier. Sin mediar palabra, este le dejó coger el manillar, que casi se movía solo. Bernd la impulsó con más fuerza. La vagoneta iba cada vez más deprisa. Bernd apenas tenía que hacer fuerza para impulsar la palanca arriba y abajo. Dejó que el viento rozase su cara, se sentía maravillosamente libre.

Leni le rodeó con su brazo.

—Es impresionante -dijo.

—¡Se acabó! -Maier se puso en pie, dio una larga zancada bordeando la palanca y tomó asiento en el banco de enfrente. Retiró tranquilamente las manos de Bernd del manillar y echó el freno–. Damos la vuelta.

Leni no salía de su asombro.

—¿También puede andar marcha atrás?

—Como tú quieras -dijo el señor Maier–, adelante es atrás y atrás es adelante. Pero cuando impulso la vagoneta hacia delante, siempre me siento en el banco correspondiente, para mirar al frente.

Lentamente, se desplazaron hacia atrás.

Bernd notó que su dicha se desvanecía.

—Lástima -dijo.

El señor Maier les prometió hablar con el jefe de estación.

—Si durante el día no hay previsto tráfico de trenes, tal vez podáis hacer recorridos más largos, podríais viajar de verdad.

—Eso sería maravilloso -Leni saltó de la vagoneta y le gritó a Bernd–: ¡A ver si me pillas!

El fabuloso señor Maier se despidió.

—¡Adiós! –luego se inclinó hacia Bernd y le dijo–: No te olvides de decirle a tu madre lo que te he encargado –y se pasó el dorso de la mano por la chaqueta, a pesar de que no había ni una mota de polvo que limpiar.

Caminaron despacio detrás de él. El perrillo los seguía. Poldi resopló ruidosamente por la nariz.

—Nuestra madre dice que ese es un embaucador, un estraperlista, los americanos están buscándole. Seguramente ha sido un nazi importante. Dice que a los rusos les da igual, porque hace negocios con ellos.

—Pero nos ha enseñado ese chisme estupendo –dijo Leni–. La vagoneta.

—Sí, la vagoneta.

Bernd estaba ensimismado con sus propios pensamientos. Viajaba por una vía en línea recta hacia un país donde se encontraba otra vez con su padre y con su madre. Allí nunca había habido una guerra.

—¿Nos veremos otra vez? –les preguntó a Leni y Poldi.

—Si tú quieres –respondió Leni.

—Mañana, en la estación –propuso Bernd.

Se fueron cada uno por su lado. A Bernd le hubiese gustado revivir de nuevo ese día, con el baño en el Thaya.

El perrillo se decidió enseguida. Lo siguió a él.

6 *El pie equivocado*

No logró ahuyentar al perrillo. Le gritó una y otra vez: «¡Lárgate!», ya que suponía que entendería el austríaco. Lo amenazó, lanzó tras él una piedra pequeña y pateó furioso con el pie.

El animal se quedó sentado a tres metros de distancia y seguía con atención todos sus movimientos. «Quizá se largue si hablo en serio con él», pensó.

—No puedes venir conmigo, perro. La señora Pluhar no va a permitirlo, y tía Karla aún menos. Te agarrará y te tirará por la ventana. De verdad. Créeme.

El perro le escuchó atentamente, con la cabeza ladeada, pero no se movió del sitio. Lo había escogido a él, a ningún otro. Estaba allí sentado, un pequeño schnauzer, negro como la pez, meneando el rabo.

—Ven –dijo por fin, en voz baja. El perro se colocó a su lado con un par de saltitos. El chico le acarició la cabeza.

—Las mujeres te echarán seguro. Pueden hacerlo. Pero no me eches a mí la culpa, ¿me oyes?

También eso pareció comprenderlo el perrillo. Dejó de asediarle, se sentó frente a él y emitió un par de quejidos.

—Así es –dijo Bernd, asintiendo con la cabeza.

Mientras se dirigían hacia la casa, el animal se mantuvo pegado a él.

Desde que emprendieron su huida, los adultos le desconcertaban. A veces incluso tía Karla, a quien conocía de sobra. De todos modos, esta reaccionó tal como había previsto.

—¿Qué es eso? –preguntó, señalando con el dedo índice al perrito, como si quisiera apuñalarlo inmediatamente.

—Ya lo ves –murmuró él, encogiéndose. El animal se percató del enojo de tía Karla y se pegó a sus piernas desnudas.

Tía Karla no le quitaba la vista de encima al perro. Estaba sentada a la mesa, había estado leyendo.

—Estoy viendo algo que no quisiera ver en ningún caso. Por nada del mundo. Y te ruego que te deshagas inmediatamente de esa cosa.

El perrito comenzó a gimotear. Bernd le contestó con un enérgico «No».

—¿Has perdido el juicio? ¿Es que también voy a tener que alimentar a un chucho sin dueño? –se llevó la mano sobre el pecho, lo cual solía hacer siempre que se excitaba–. Contigo me basta, muchacho. Tampoco contaba contigo –se dio cuenta de que había ido demasiado lejos y apretó los labios.

A Bernd se le llenaron los ojos de lágrimas. Nunca le había hablado así.

La señora Pluhar entró en la habitación sin llamar. Llevaba la cabeza cubierta con una docena de rulos y encima un pañuelo; parecía una beduina. Abrió la boca, la cerró inmediatamente y se quedó mirándolos. Primero a tía Karla, quien se acurrucó en su silla; después a Bernd, quien aguantó la mirada escrutadora con valentía, y por fin al perrito, allí sentado, sin moverse. Lo que dijo a continuación cayó como un mazazo sobre Bernd:

—Podríamos matar al perrín. Con la escasez de carne que hay hoy día...

Él se agachó al lado del animal y lo atrajo hacia sí. Se temía lo peor. El ancho rostro de la señora Pluhar se trocó en una sonrisa.

—Por lo que parece –dijo–, se me ha metido en casa otro refugiado más sin pedir permiso

–dio un paso hacia Bernd. El perrito se puso a temblar–. No tiene por qué tenerme miedo. Mientras le apetezca estar contigo, por mí se puede quedar –con aquello no contaba Bernd. Pensó que no había oído bien. Era un milagro.

—¿Cómo se llama tu perrín? –preguntó a continuación la señora Pluhar. A él le gustaba cómo lo llamaba ella, «perrín». Se apresuró a contestar y contempló al perrito:

—Pues, Perrín. ¿Verdad, Perrín?

Aquella unanimidad era demasiado para tía Karla.

—¿Y quién se encarga de darle de comer? ¿Cuánto me va a costar?

La señora Pluhar reaccionó con amabilidad y dijo resuelta:

—Mientras se queden aquí, no se preocupe de eso. De todas formas, no podrá montar en el tren. La gente lo mataría.

—Pero... –objetó Bernd.

La señora Pluhar le interrumpió inmediatamente:

—Míralo bien, es un vagabundo, un forastero. Y, al contrario que vosotros, él sí que está seguro de haber llegado donde quería. Así que déjalo –para asombro suyo, se hincó de rodillas y cogió la cabeza de Perrín con sus grandes manos–. Además, tengo un collar para él –se levantó con la misma facilidad y los invitó a café–. No es del todo auténtico. Pero le he añadido cinco granos a la cebada tostada. Y vengan con Perrín. Estará hambriento –dijo, dirigiéndose, intencionadamente, a la tía Karla.

Ella no se dejaba convencer así como así. No pestañeó.

—Eso es cosa del chico. Es su perro.

El café de la señora Pluhar era como un té, con un poquito de sabor a café.

Bernd se propuso desaparecer enseguida con Perrín.

—Ten cuidado y no hagas tonterías –le gritó tía Karla cuando ya se marchaba.

La señora Pluhar añadió una advertencia más:

—Todavía quedan granadas y armas por todas partes.

Perrín estaba ansioso por moverse y, sobre todo, saciado. La señora Pluhar le había puesto un cuenco pequeño con puré de avena. Estaba segura de que con esa comida aguantaría. Era capaz de cementar el estómago y los intestinos.

—Con eso el perrín tendrá que moverse bastante.

Afuera hacía tanto calor, que Bernd casi se quedó sin aliento. El aire era realmente asfixiante. Apenas se podía respirar. Mientras estuvo contemplando a Perrín devorar el puré de avena, también él había sentido hambre. Pero, al parecer, con aquel calor a tía Karla no le apetecía ir al comedor a recoger sus raciones.

No sabía si ya sería demasiado tarde. Quizá quedase algo todavía.

—¡Vamos, Perrín! –el animal le obedeció de inmediato.

Bernd hubiese preferido correr, pero entonces no habría dejado de sudar. Perrín estaba jadeando y le colgaba la lengua fuera. Bernd tuvo suerte. Consiguió que le llenasen su recipiente. El puchero estaba templado, no tan caliente como el aire. Su apetito fue cediendo. Vació el cuenco de forma mecánica, una cucharada tras otra. Al final eructó tan fuerte, que Perrín pegó un salto y lo miró pasmado.

Se marchó a la estación. El señor Huber estaba hablando, rodeado por un corro de mujeres. Bernd le oyó decir que estaba negociando con las fuerzas de ocupación y con las autoridades públicas. El señor Huber seguía sin llevar barba.

—Dile a tu madre que esta semana no contamos con ningún tren.

—Se lo diré a mi tía.

—¿Qué? –preguntó el señor Huber.

—Nada.

Bernd estaba empezando a adaptarse a Laa. Había encontrado un compañero en Perrín y amigos en Poldi y Leni, y el hecho de conocer al fabuloso señor Maier le aseguraba un montón de aventuras.

Pasado un rato, se dio cuenta de que había tomado exactamente el mismo camino por el cual habían cruzado la frontera. De eso hacía ya más de una semana. Los árboles estaban cada vez más juntos, el bosque era cada vez más oscuro y fresco. Perrín conocía los alrededores. A veces desaparecía entre la maleza y reaparecía en otro lugar, sorprendiendo a Bernd.

Bernd se acordaba de que en aquel lugar se le había revuelto el estómago a causa de la leche de cabra que le habían dado en una granja al otro lado de la frontera. Tía Karla opinaba que su estómago ya no admitiría tanta grasa de una sentada durante meses.

Se encaminó hacia un pequeño granero abierto, en el que habían estado descansando entonces. Tenía las manos tan destrozadas, que apenas podía llevar las maletas.

Se puso a llamar a Perrín. Habían rellenado una parte de la cuneta del camino para hacer un acceso al prado. Apestaba a dulce y podrido y en una rendija del suelo mullido, de césped reseco, se había apelotonado una piña de moscas negras. El perro se apalancó sobre sus patas delanteras y se puso a gimotear débilmente.

Bernd dio un paso hacia el montón de moscas y agitó los brazos. Las moscas levantaron el vuelo y se fueron zumbando. Un pie quedó al descubierto. O algo que en su día había sido un pie.

Se quedó mirándolo fijamente. Perrín retrocedió. Bernd también. Pero no llegó muy lejos. Se oyó un disparo muy cerca. Perrín dio un salto y desapareció en la cuneta.

En el lindero del bosque aparecieron dos soldados del Ejército Rojo y se dirigieron hacia Bernd, gritando y gesticulando. Durante unos instantes estuvo saltando de aquí a allá, sin saber qué hacer, después echó a correr; Perrín tras él.

Los soldados fueron más rápidos. Uno de los soldados estaba a sus espaldas, el otro trataba de cortarle el camino. Bernd se dio por vencido. Uno de ellos lo agarró por el cuello y el otro se plantó delante de él. Hablaban entre ellos, enfadados. No entendía ni una palabra. Cuando los rusos ocuparon Brünn, tía Karla le había aconsejado, medio en broma medio en serio, que aprendiese ruso. Ahora le habría venido bien. Perrín, que había estado dando vueltas alrededor de todos ellos, le pegó un mordisco en la bota a uno de los soldados y recibió a cambio una soberana patada. Se apartó aullando. Bernd se vengó mordiéndole a su vez en el brazo. Con lo cual se ganó una bofetada.

Le agarraron entre los dos y se lo llevaron a rastras. No podía explicarse por qué lo trataban de ese modo. No había hecho nada malo. Había descubierto por casualidad a un hombre enterrado en el terraplén. Trató de liberarse. Los soldados lo sujetaron aún más fuerte y se rieron. Perrín caminaba despacio, con la lengua fuera, detrás de ellos para evitar los pisotones.

Por la cabeza de Bernd pasaron innumerables pensamientos absurdos: «Lo que dice tía Karla es verdad: cuando hace mucho calor, los pájaros no cantan. Seguro que Leni y Poldi no irán mañana a esperarme a la estación. ¿Se habrá vuelto a dejar barba el señor Huber? Quiero irme a casa».

Se acordó de pronto del señor Maier, de quien se decía que vivía en el barrio ruso.

—Se lo voy a decir al doctor Maier –gritó.

La frase resultó ser milagrosa. Los soldados le soltaron.

—¡Doktorr Maier! –a los soldados del Ejército Rojo se les iluminó la cara, le hicieron un gesto afirmativo, se pusieron a hablar. Y de repente, uno de ellos dijo dos palabras en alemán–: Ven con nosotros –el otro añadió–: *Dawai!*

Perrín comprendió ambas cosas Y se puso en movimiento. Los soldados y Bernd lo siguieron. Bernd ya no trató de huir. Sin duda se dirigían a ver al fabuloso señor Maier. Salieron del sendero, cruzaron un arroyo, que apenas llevaba agua pero rebosaba de mosquitos, caminaron por un bosquecillo y aterrizaron en un estrecho camino asfaltado, que se adentraba entre unas bonitas casas enlucidas de blanco. En la entrada de algunos jardines había soldados montando guardia. Un centinela los dejó pasar. Los soldados se quedaron detrás de él y gritaron: «¡Doctor Maier!» como si les divirtiese especialmente dejarle allí.

El señor Maier, elegante, vestido de negro, estaba sentado en un pequeño despacho, que, ciertamente, no estaba a la altura de su categoría. Ni siquiera se encontraba solo. Frente a él trabajaba otro oficial ruso en un segundo escritorio.

—¿Doctor Maier? –preguntaron los soldados y siguieron hablando. A veces señalaban a Bernd, y señalaron una vez a Perrín, que parecía a punto de deshidratarse. Llevaba la lengua arrastrando por el suelo.

El doctor Maier giró su silla para situarse frente al chico.

—¿Trabaja usted de intérprete aquí? –preguntó Bernd.

—También –Maier seguía serio–. ¿Qué estabas haciendo en las tumbas?

—Si hay un pie asomando, no son tumbas.

—Quiero saber por qué estabas precisamente por allí.

—No lo sé –estaba diciendo la verdad. En realidad no lo sabía. Quizá porque quería volver a recorrer parte del camino que tanto le había cansado–. Pero no está prohibido ver una tumba.

—Sí –Maier se inclinó hacia delante, se despegó del respaldo apoyándose sobre ambos brazos y habló en voz baja, como si estuviese revelando un secreto a Bernd–: Todavía estamos en guerra, muchacho. Has tropezado con una tumba falsa, una que en realidad no debería existir.

Bern no comprendía nada. El señor Maier hablaba enigmáticamente y bajó aún más la voz.

—¿Sabes lo que son los soldados *wlassow*?

Lo sabía. Seguía hablándose de ellos una vez acabada la guerra. Un general ruso, llamado Wlassow, había reunido un ejército, que luchó contra los bolcheviques al lado de los alemanes.

—Sí –dijo.

Pero el señor Maier parecía dudar de sus conocimientos.

—Eran enemigos del Ejército Rojo, traidores. Fueron abatidos a tiros cuando huían. Se ocultaban en los bosques de los alrededores. Nosotros no tenemos nada que ver con sus tumbas. ¿Lo entiendes?

No lo entendía.

—Los muertos ya no son enemigos.

El señor Maier se reclinó de nuevo, encendió un cigarrillo y echó una ojeada al oficial del escritorio de enfrente.

—Eso imaginas, muchacho. Es terrible, pero cierto. Incluso cuando estás muerto, sigues teniendo enemigos –chasqueó la lengua a Perrín y los mandó salir de la habitación haciendo un gesto con la mano–. Puedes marcharte.

—¿Y los rusos?

—Ya no les interesas. Volveremos a vernos pronto.

—¿Sí?

—Largaos ya, los dos.

Bernd giró rápidamente sobre sus talones. Perrín ya estaba esperando en la puerta. Se contuvo mientras pasaba por delante de las casas blancas y de los centinelas, pero en cuanto dejó atrás el barrio, echó a correr.

Tía Karla le estaba esperando con la cena preparada, pero estaba de tan mal humor, que ni le preguntó. Tampoco se extrañó de que se marchase a la cama nada más acabar de comer. Perrín desapareció debajo de la cama, en su refugio, sin decir ni pío.

7 En el andén

TÍA Karla lo despertó, nerviosa, con las maletas hechas a su alrededor, como un pequeño rebaño.

—¡Levántate, Prímula, el equipaje ya está hecho! He metido incluso la ropa de invierno. Huber ha enviado a alguien para que nos avise. Va a llegar un tren.

Todo sucedía demasiado deprisa. Tía Karla lo sacudió impaciente, le costaba trabajo espabilarse.

—¡Vamos, vamos! –le había preparado un panecillo untado, que podría tomarse por el camino.

—¡Vamos, vamos, Prímula! –intentaba ayudarle a vestirse y no hizo más que embarullarlo todo.

—Si continúas así, voy a ponerme los pantalones del revés –dijo él, defendiéndose de sus prisas.

Tía Karla no cedió.

—Nadie se daría cuenta.

Aquella noche había cambiado el tiempo. Seguía haciendo bastante calor, pero había nubes negras desplazándose por encima de la ciudad. Además de su mochila, Bernd llevaba nuevamente las dos maletas más ligeras y empezó a notar otra vez el dolor de las pequeñas heridas de las manos.

Tía Karla caminaba apresuradamente delante de él. De pronto se detuvo y el chico tropezó con ella.

—Solo quería decirte –parecía estar sacudiéndoselo de la cabeza– que ya tendrás tu desayuno en la estación. Ahora llevas las manos ocupadas.

Él se abrió paso a su lado, no se volvió a mirarla. Siguió delante de ella, hasta que llegaron a la estación, alrededor de la cual pululaba gente vociferando, apilando equipaje y peleándose unos con otros por el sitio.

Bernd se limitó a dejar caer las maletas y se sentó sobre una de ellas. Tía Karla hizo lo mismo. Resopló, contempló el espectáculo y comentó furiosa:

—Bueno, ya solo nos faltaban rayos y centellas y un buen chaparrón –dicho lo cual, comenzó a tronar y relampaguear, si bien a lo lejos, como si el cielo obedeciese a tía Karla.

Arriba, en la primera planta del edificio de la estación, se abrió una ventana de golpe y el señor Huber se asomó.

—¡Silencio! -bramó-. Les ruego que me atiendan.

—Se cree un pequeño Hitler -murmuró tía Karla-; a aquel también le gustaba lanzar sus arengas desde las ventanas o los balcones.

—El tren que estamos esperando no sigue un itinerario regular.

—Como si hubiera itinerarios... -tía Karla era incapaz de mantener la boca cerrada.

—Se trata de un tren militar. Va a descargar aquí. Los soldados soviéticos se apearán aquí. Tendría que proseguir su viaje vacío, pero tenemos autorización para dejar subir a civiles. Probablemente, el tren se dirige a Krems.

—Bueno, pues habremos llegado algo más lejos.

Por primera vez, Bernd se dio cuenta de que no tenía ni idea de adónde quería ir la tía Karla.

—¿Adónde quieres ir en realidad? -preguntó en voz muy baja, pero suficientemente alto para el agudo oído de tía Karla.

—A Viena -respondió ella en el mismo tono, como si temiese que pudiera seguirla toda la muchedumbre.

El señor Huber no había terminado aún con su alocución. Rogó a los que aguardaban que dejasen apearse tranquilamente a los soldados. Lo peor quedaba para el final, solo habló una pizca más alto:

—El tren solo lleva tres vagones –gritó–. Así que no podrán viajar todos ustedes. Ante todo les ruego disciplina. Si llegan a producirse altercados, avisaré a la policía militar soviética. Lo digo en serio. Créanme.

Le creyeron. Truenos y relámpagos pusieron punto y final a su discurso. Cerró la ventana y apareció poco después delante de la estación, con la gorra del uniforme calada hasta las cejas.

El anuncio de Huber había sembrado la inquietud en la multitud. Todos trataban de apañárselas para abrirse paso hacia el andén, sin que los demás se percatasen.

—Quédate sentado, Prímula –le advirtió tía Karla

El tren no llegaba. Llegó el mediodía, la gente se había ido relajando y alejando otra vez del andén. El tren ya no era más que un rumor.

Pero el señor Huber insistía en estar bien informado.

—Nuestro servicio de comunicaciones funciona desde hace tiempo –aseguró.

—A lo mejor ha descarrilado –exclamó alguien.

—Ya me hubieran avisado.

El señor Huber aguantó los reproches; bien informado, pero sin saber qué hacer, a pesar de todo.

La señora Huber estaba asomada a la ventana, al lado de su amiga, la señorita Janowitz, y contradecía a su marido:

—No es la primera vez que nos avisan de la llegada de un tren, que luego no aparece.

Pero no consiguió alterarle.

—No tienes ni idea sobre el tráfico ferroviario.

La señora Huber prefirió callarse, poner cara de ofendida e ignorar a su marido. Bernd estaba dando cabezadas, ya no escuchó ni vio nada más.

Tía Karla hablaba consigo misma:

—Nos tratan como animales. Nos dispersan y luego nos concentran. Uno de nosotros estira la pata y a nadie le importa. ¿Y qué puedo hacer yo? Nada. Y el gran *Führer*, a quien debo todo esto, se ha quitado de en medio. Espero que se muera de asco.

Una sombra cubrió a Bernd y una mano se posó, pesada, sobre su hombro.

—¿Cómo te va, viajero? –no tenía necesidad de levantar la vista. La sombra y la voz delataban al fabuloso señor Maier. Se acuclilló junto a Bernd, elegantemente vestido, como para una fiesta. Ni una gota de sudor sobre la frente ancha, el cabello oscuro alisado con brillantina–. Lástima que quieras abandonarnos.

La respuesta de tía Karla se adelantó a la de Bernd.

—¿Cree que queremos pudrirnos en este poblacho?

El señor Maier permaneció tranquilo y amable, y a Bernd le pareció que sonreía como un cura.

—Sé que próximamente habrá transportes mejores que este tren corto de ahora.

—Cuánto sabe usted –el comentario del señor Maier había animado a tía Karla a reaccionar con arrogancia–. ¿No será usted el jefe secreto de todo esto?

—Puede usted pensar lo que le apetezca, señora.

Un pitido agudo dio fin a la conversación, arrancando de su apatía a todos los que estaban esperando. Con el susto, algunos agarraron la maleta equivocada y se peleaban con su verdadero propietario. Otros giraban sobre sí mismos como peonzas. Otros saltaban como cabras sobre maletas y hatillos, para ponerse en primera fila en el andén.

—Yo la ayudo –el señor Maier cogió dos maletas y fue abriéndoles camino.

El tren se aproximaba muy despacio. La lentitud le atacaba los nervios. Tía Karla le atizó con furia en las corvas a una mujer, que se le había adelantado. Asintió satisfecha, cuando esta pegó un chillido.

—Por favor... -dijo el señor Maier, lo cual colmó la paciencia de tía Karla.

—¡Nada de por favor, santo fariseo, inescrutable señor doctor, fantasma de oscuro pasado, no me pida nada por favor o exploto!

En el preciso instante en que tía Karla iba a explotar, se detuvo el tren. Las puertas de todos los vagones se abrieron a la vez y de ellos saltaron soldados rusos. Protegiéndose el pecho con las metralletas, se abrieron paso a empujones e hicieron retroceder con violencia a los que estaban esperando. Algunas personas perdieron el equilibrio, tropezaron y fueron levantadas por otras.

—Ten cuidado con tus maletas o te las chafarán.

Incluso el señor Maier estaba perdiendo los estribos.

—Así no se puede -dijo. Su indignación le sirvió de poco, lo mismo que una frase que gritó a un oficial en ruso. Este sonrió con descaro y se encogió de hombros.

Bernd sostenía las maletas en las manos con

todas sus fuerzas y apenas podía respirar, aprisionado entre los adultos. Seguían saliendo soldados de los vagones. Bernd comenzó a dar codazos y cosechó insultos como «cochino, mocoso, bestia». Tía Karla y el fabuloso señor Maier habían desaparecido de su lado.

De pronto, la gente empezó a moverse en otra dirección. Se produjo una sacudida, suspiros, todo se movió hacia delante. Los rusos habían dejado el camino libre. Bernd fue arrastrado. Le alzó una mano poderosa.

—¡Adentro, al cajón!

El vagón estaba ya hasta los topes. Bernd se encontraba en el pasillo e incluso podía mirar afuera por la ventana. Pero hacia el lado contrario, por donde una vía penetraba en el bosque: allí le esperaba una vagoneta. Había quedado citado con Leni y Poldi, pero no habían aparecido. Si no hubiese venido ese estúpido tren ruso a desbaratarlo todo, habrían podido hacer un viaje en la vagoneta. Cuanto más lo pensaba, más triste se ponía. Y ahora se daba cuenta de que tía Karla no estaba. La impresión lo paralizó, después intentó saltar para ver por encima de los demás. Se quedó atrapado entre los cuerpos, que le cercaban y le estrujaban cada vez más.

—¡Tía Karla! –gritó–. ¡Tía Karla!

—Cierra el pico –dijo una mujer. Tras gritar

una vez más, una mano se aproximó por detrás de su mejilla y le tapó la boca.

—Te las arreglarás un rato sin tu tía.

—¡Quiero salir! –gritó contra la mano, le propinó un mordisco y recibió a cambio un soberano bofetón sobre la nariz y la boca. Notó cómo le brotaba la sangre de la nariz. No quería llorar ni mostrarse débil ante toda aquella pandilla de adultos.

El tren se puso en marcha.

—Tu tía ya te encontrará –lo consoló otra voz. Se dio por vencido. ¿Por qué tía Karla se había dejado apartar del grupo? Ahora estaría lloriqueando y reclamando a su Prímula. Se limpió la sangre del bigote con la mano y esta, a su vez, en el vestido de la mujer que le estaba empujando con su espalda y su trasero. Se sentó sobre su maleta y la pared humana se cerró por encima de él.

El tren traqueteaba cada vez más deprisa sobre las vías. Bernd cerró los ojos, dio unas cabezadas. Nadie contaba con que el tren frenaría de pronto y se detendría. La carga humana sufrió una sacudida. Afuera gritaban:

—¡Salgan afuera! Por favor, salgan todos.

La respuesta dentro del tren fue inmediata:

—¡A ver si os atrevéis! ¡No podéis hacer lo que queráis con nosotros! ¡Queremos continuar el viaje, dejadnos marchar! –todos enmudecieron en cuanto sonaron los disparos.

—Lo dicen en serio –afirmó la mujer que había pegado a Bernd.

Este se parapetó tras las maletas. Quizá los rusos estuviesen buscando a un nazi en el tren, pensó. ¡Pero le estaban buscando a él! Para ser más exactos, el fabuloso señor Maier había convencido a los rusos para seguir al tren en un camión y detenerlo.

Encontró al señor Maier incluso algo más alto. El hombre se dirigió, muy serio, a Bernd:

—Tu tía te está esperando –no dijo nada más. Se volvió hacia los soldados rusos, se puso a charlar con ellos, cogió, por fin, las maletas de Bernd, las llevó al remolque abierto del camión, gritó a Bernd que no se distrajese, lo subió a la plataforma y el camión se marchó calle abajo, haciendo el mismo recorrido que el tren acababa de realizar a la inversa. Bernd observó cómo la gente se montaba otra vez en los vagones, apretujándose, y solo de mirar sintió que le faltaba aire para respirar.

Tía Karla estaba de pie en el andén, más sola que la una. El señor y la señora Huber estaban asomados arriba, en la ventana del primer piso. Eran el público apropiado. Bernd se preparó para el gran teatro de tía Karla. Comenzó en cuanto el camión se aproximó. Tía Karla se estiró, se puso a saludar. Bernd se preguntó de dónde habría sacado aquel pañuelo tan blanco. Él iba oculto tras las espaldas del señor Maier. Ahora parecía que tía Karla estaba cantando. Una aguda «i». Conforme se iban acercando, las sílabas fueron desarrollándose hasta formar la palabra Prímula:

—¡Prímula! ¡Prímula! –¿por qué tenía que enterarse todo el mundo de cómo lo llamaba?–. ¡Prímula!

El señor Maier le ayudó a bajar del remolque.

Tía Karla salió disparada. No sin problemas. Tropezó con una bolsa, aunque consiguió no caerse. Con lo cual recibió el primer aplauso de los Huber. Bernd se quedó esperando. Tía Karla salió corriendo a su encuentro, con el pelo revuelto, jadeante, y cerró sus brazos en torno a él. Otra vez estaba a punto de asfixiarse. Pero esta vez a causa de la felicidad.

—Qué felicidad –exclamó tía Karla–, qué felicidad que volvamos a tenernos el uno al otro –el aplauso de los Huber la animó a proseguir con su discurso. Bernd procuró hacerse sitio para respirar.

—No quiero ni pensar lo que podría haberte pasado. Con todos esos salvajes.

—No exagere usted –le aconsejó el señor Maier, y los Huber le dedicaron otro aplauso.

—No tengo más remedio que exagerar –en un abrir y cerrar de ojos tía Karla soltó a Bernd y agarró al señor Maier por los brazos–. A usted le debemos nuestra felicidad. ¿Cómo podría compensárselo?

El señor Maier tosió y apartó amablemente de sí a tía Karla.

—No me debe usted nada, señora. Y ya nos encargaremos los dos de cuidar del chico.

—¿Y cuándo viene el próximo tren? –preguntó Bernd.

En lugar del señor Maier, contestó el señor Huber desde la ventana, como si se tratase de una ventanilla de información situada en las alturas:

—No tenemos notificación de ningún tren en los próximos días. Al menos, ninguno de transporte de pasajeros.

Se marcharon a casa de la señora Pluhar, con la esperanza de que no hubiese alquilado la habitación a nadie, como temía tía Karla.

—¿A quién la iba a alquilar? –preguntó el señor Maier. Cuando tía Karla se hubo despedido con entusiasmo de él, levantó la barbilla de Bernd con dos dedos, le miró a los ojos y añadió–: Antes de que os marchéis definitivamente, podrías ayudarme un poquito. Me pasaré por aquí mañana o pasado mañana.

Bernd estaba muerto de cansancio.

La señora Pluhar los obsequió con una sustanciosa sopa de patatas.

Antes de dormirse, oyó decir a tía Karla:

—No quiero ni pensarlo, si mi Prímula se hubiese marchado en el tren...

8 *Viaje peligroso*

PERRÍN arrancó a Bernd de su sueño. Estaba inquieto. Lo mismo permanecía quieto, que daba saltos, corría de aquí para allá entre tía Karla y Bernd, mostraba sus habilidades o las ensayaba en ese momento. Contagió de alegría incluso a la tía Karla.

—Si el animal está tan contento, debe ser bueno que nos hayamos quedado aquí.

Por una vez, Bernd estuvo de acuerdo con ella.

Por la noche, la señora Trübner y las demás mujeres del comedor se sorprendieron al verlos:

—Ah, pero ¿no se habían marchado?

Tía Karla miró a su alrededor con aire triunfante.

—Somos nosotros, en carne y hueso. Y aún nos queda mucho que disfrutar con ustedes.

Aquella observación pareció gustar algo menos a la señora Trübner.

—Si todos se lo tomasen igual que usted...

—Entonces –prosiguió tía Karla–, ya no se dedicaría más a la tarea humanitaria de repartir comida entre los vagabundos, sino simplemente a cuidar de su hijo, querida.

Y contó a las mujeres los detalles del rescate del señor Maier. No obstante, la admiración de estas tenía sus límites. Claro que había sido muy amable de su parte sacar al chico del tren, pero...

—Créame, ese señor tan elegante nunca hace nada sin segundas intenciones. A lo mejor tiene planes para el chico. Le aconsejo que tenga cuidado con él –advirtió la señora Trübner, bajando la voz.

Bernd la tomó simple y llanamente por una arrogante. Al parecer, tía Karla también.

—Puede ser; tal vez tenga un oscuro pasado o esté loco, pero de momento, para nosotros ha sido un ángel de la guarda.

La señora Trübner desinfló los carrillos y bufó irónica:

—Siempre me imaginé que los ángeles de la guarda serían así...

—Yo no –dijo Bernd.

—Esfúmate –la señora Trübner estaba descargando su mal humor sobre él.

De todos modos no influyó para nada en el maravilloso puchero de berza, el estofado a la irlandesa –así definía la señora Trübner la mezcla de caldo, patatas, berza y poquísima carne– que comieron.

—Tres trozos de carne para cinco litros –puntualizó ella.

Bernd comió hasta que el estofado le sació el estómago. Luego desapareció, murmurando un estratégico «¡Hasta luego!», ya que tía Karla tenía la boca llena y no pudo hacerle ninguna advertencia mientras se marchaba.

Perrín le estaba esperando a la entrada del comedor. Seguramente se había escabullido después de recibir su comida de la señora Pluhar.

—¡Vamos! –le gritó a Perrín. Él mismo no sabía adónde. Tenía toda la tarde por delante, y si se terciaba, podría prolongarla hasta la cena. Confiaba en encontrarse a Leni y Poldi.

Así sucedió. Estaban sentados en un banco delante de la estación; nadie estaba esperando el tren, después de que el señor Huber hubiese anunciado que no se contaba próximamente con la llegada de ninguno.

—Mira, Poldi –exclamó Leni–, te he dicho que vendría.

—¿Te refieres a mí?

—¿A quién si no? –dijo Poldi y se pasó el dedo por la nariz.

Bernd se sentó junto a Leni e inconscientemente paseó su mirada por los raíles, en dirección al horizonte, donde confluían en un solo trazo.

—Huber nos ha contado que Maier te ha sacado del tren.

—Solo porque tía Karla ha sido demasiado tonta y lenta.

—¿No te alegras de que podamos estar más tiempo juntos? -preguntó Leni.

—También, claro -respondió él, y se sintió molesto por aquel «también».

Leni se dio cuenta enseguida.

—Así que no te alegras de verdad.

—¡Claro que sí! -no quería hacer daño a Leni, ella le gustaba-. Sí. Solo que alguna vez tendremos que marcharnos. Nuestra casa no está aquí.

—¿Y dónde está vuestra casa? -preguntó Poldi.

—En Brünn. Pero ya no podemos volver allí.

—¡Entonces os podríais quedar aquí! -Leni arrimó su brazo al suyo-. Porque de todos modos primero tendréis que buscar una casa.

—Tía Karla quiere ir a Viena.

—¿Tú has estado allí alguna vez?

—Sí. Solo que ya no me acuerdo de nada.

—Pero te acordarás de Laa -dijo Poldi, pensativo.

—Para qué acordarme, si estoy aquí.

—Por eso –Leni se rió y lo achuchó más fuerte con su brazo.

—Por eso, lo mismo te da estar en Viena que aquí.

—A mí sí. Pero a tía Karla no.

—Ahora estamos juntos –Leni se puso en pie de un salto, giró sobre sí misma un par de veces y su vestido se puso a flotar–. ¿Y ahora qué hacemos?

Poldi se metió el dedo en la nariz.

—Si lo supiera...

Bernd lo sabía.

—Montar en la vagoneta.

—Podríamos tener problemas con Huber –reflexionó Poldi.

—¿Y si le preguntamos?

—Seguro que no nos deja.

—Voy a preguntarle.

Bernd no se dejó amilanar por miedo a que el señor Huber le pudiese reñir. La puerta de la vivienda de los Huber estaba abierta. Subió por la estrecha escalera y llamó. La señora Huber le abrió inmediatamente, como si hubiera estado esperándole tras la puerta.

—Ah, eres tú –dijo, visiblemente desilusionada. Seguramente no le esperaba a él, sino a la señorita Janowitz, quien podría traerle alguna novedad.

—Quisiera ver al señor Huber –dijo, y después añadió–: Hola.

—Mi marido no está aquí. Si quieres algo de él, le encontrarás en la huerta, detrás del almacén de mercancías del apeadero.

Bernd asintió con la cabeza, bajó corriendo las escaleras como una ardilla. Sabía dónde era. Poldi y Leni también. Conocían el huerto y lo temían. El señor Huber tenía protegidos con alambrada de espino parterres y arbustos contra animales voraces como los ciervos, los conejos y los puercos espines, y contra los rusos, los refugiados, los niños y «toda clase de ladronzuelos». La alambrada de espino tenía la altura de un hombre y la puerta estaba asegurada con tres cerrojos. Detrás cultivaba zanahorias, rábanos, patatas, tomates, judías y grosellas.

El señor Huber estaba examinando sus judías.

—Está contando si están todas –susurró Poldi.

Llevó su tiempo sacar al señor Huber de su arrobamiento con las judías. Carraspearon, exclamaron «Hola, señor Huber», e incluso se atrevieron a silbar un par de veces.

Por fin les prestó atención.

—¿A qué viene tanta prisa? –dijo, aproximándose a la alambrada–. ¿Qué queréis?

—¿Podemos montar un rato en la vagoneta? –se atrevió a preguntar Leni.

Probablemente, el señor Huber no esperaba aquella petición. Se conoce que seguía contando mentalmente sus judías. Miró distraído por encima de sus cabezas. Ellos apenas se atrevían ni a respirar. Cualquier falso movimiento podría confundirle.

—No os puedo dar permiso, de ninguna manera. Si se anunciara la llegada de un tren...

—Pero usted mismo ha dicho que no vendría ninguno –se atrevió a objetar Poldi.

—Por supuesto que lo he dicho –el señor Huber se estaba afirmando en sus palabras, por algo era jefe de estación.

—Así que no puede pasarnos nada.

—En el fondo no, pero eso no significa nada.

—¿Qué quiere decir eso, señor Huber? –preguntó Bernd.

—No creo que seáis tan tontos como para no entenderlo.

—No, tan tontos no somos –aseguró Poldi y lanzó una mirada interrogativa a Bernd.

Esperaron en silencio.

El señor Huber cedió.

—Como mucho, un pequeño trecho más allá de la estación, pero que yo pueda veros.

Salieron corriendo con un «Gracias» coreado al unísono por los tres. ¡A la vagoneta! Les estaba aguardando en el mismo sitio en que la habían dejado. Desde entonces, nadie se había atrevido a montar en ella. Les pertenecía, solo a ellos, a lo sumo un poquito también al fabuloso señor Maier.

Bernd liberó el freno. Perrín se quedó sentado entre los raíles, gimoteando.

Poldi y Leni se apalancaron con todas sus fuerzas sobre el manillar. Ya sabían que al principio costaba trabajo poner la vagoneta en marcha. Bernd se colocó en la parte delantera de la plataforma: era el capitán, el vigía, el maquinista que no necesitaba vapor.

Ya se estaban acercando a la estación. Un par de personas que deambulaban por allí los miraron asombrados.

—¿Tenéis permiso? –gritó una mujer.

—¡Sí! –vocearon los tres.

Y Poldi añadió como un experto:

—El señor Hubert nos ha concedido permiso para viajar.

Aquello impresionó a Bernd.

—Eso ha estado bien. Se han quedado patitiesos.

La vagoneta iba cada vez más deprisa.

—¿Queréis que le dé yo a la palanca?

Poldi y Leni acordaron que se encargase de vigilar. Podría venir algún tren de frente.

—O una vagoneta.

—Estaría bueno...

—¡Otra vagoneta!

—¿Adónde vamos? –preguntó Leni.

—¡A Viena! –dijo Poldi.

—No, ¡a las montañas, al Dachstein! –se le antojó a Leni.

—O al mar –murmuró Bernd, imaginándoselo delante, agua interminable, agitada por enormes olas y muchos barcos con velas de colores.

—¿Has estado alguna vez en el mar?

—No, nunca. Pero iremos ahora.

Durante un rato permanecieron de cara al viento y en silencio. Hasta que Leni preguntó, pensativa:

—¿Sabéis dónde se acaba la vía?

—No tiene fin –respondió Poldi.

—Sí –le contradijo Bernd–. Hay vías con apeaderos como el de la vagoneta.

—Pero las otras vías van más allá.

—Sí –dijo Bernd–, Leni tiene razón. Llegan hasta el mar y allí hay barcos esperando.

Poco a poco Poldi y Leni se fueron cansando de darle a la palanca. A pesar de todo, no consintieron que Bernd los ayudase.

—Podríamos ir más despacio, por lo menos durante un rato –decidió Poldi.

—Y a lo mejor deberíamos volver, porque ya hace rato que Huber no puede vernos desde la estación.

—Ese sigue contando los *solanos* de su huerta.

—¿Los qué?

La pregunta de Bernd dejó boquiabierto a Poldi.

—¿No sabes lo que son los solanos? ¿De dónde has salido? Los alemanes los llaman tomates.

—Pero vosotros también sois alemanes.

Poldi y Leni sacudieron la cabeza enérgicamente.

—No, somos austríacos.

—Pero también habéis luchado al lado del *Führer*.

—Ya. Hitler también ha sido nuestro *Führer*. Pero ahora es distinto –aclaró Poldi, orgulloso–. Ahora somos austríacos otra vez.

—Sí –añadió Leni–, y hemos vencido a los alemanes.

Bernd se volvió de espaldas y los miró con incredulidad.

—Estáis locos.

—Pregúntale a mamá –dijo Leni.

—O a papá –dijo Poldi.

—Mejor le pregunto a tía Karla.

—Pero si es una refugiada. No puede saberlo.

Bernd se dio por vencido. No quería discutir con Poldi y Leni sobre si los austríacos aún eran alemanes o lo habían sido. Todo aquello era de locos.

—Me gustaría seguir viajando –anunció, se puso de pie y ocupó el sitio de Leni con la palanca.

—¿Y si nos perdemos? –preguntó ella.

Poldi soltó la palanca y levantó los brazos.

—Mira que eres boba, Leni. ¿O es que crees que los raíles se van torciendo detrás de nosotros y cambian de dirección?

Continuaron traqueteando, por otra vía, tras pasar por un cambio de agujas. Leni se asustó.

—Dejadlo ya. Mejor nos volvemos.

Pero a Poldi no le apetecía dar su brazo a torcer.

—Este cambio de vía es cosa de Huber. Ya estará sobre aviso.

Bernd se ocupó de acelerar la vagoneta. Las agujas, que los rodeaban, estaban quemadas por el sol. Delante de ellos, bastante lejos, había una fila de barracones medio ocultos.

—Ahí no podemos ir. Es un campamento –Leni quería dar la vuelta.

Apenas lo hubo dicho, cuando se oyó una detonación, seguida de un eco, que hizo saltar unos guijarros junto a la vagoneta.

Bernd actuó sin pensárselo dos veces. Agarró a Leni, la bajó bruscamente de la máquina y la arrastró consigo detrás del terraplén. Poldi se apresuró a seguirlos.

—Alguien está disparando –dijo Bernd, abrazando a Leni para protegerla.

—Ahí están los rusos. Tienen que ser los rusos. Mamá dijo que estaban metidos en los barracones –comentó Poldi.

Los disparos se repitieron, una ráfaga completa. Los guijarros saltaban, estallaban contra la plataforma de la vagoneta.

—Están disparando con una ametralladora –Bernd lo sabía bien. Durante su primera huida de Brünn, tras la cual habían vuelto a casa porque tía Karla no sabía si iban o no a lograr escaparse, el tren fue alcanzado por los disparos de los aviones militares y se escondieron debajo de los vagones. Los guijarros saltaron a su alrededor igual que ahora, y cuando los disparos alcanzaban las vías, se producía un horrible sonido de rebote.

Hubo un silencio mortal. Podían escuchar su respiración.

Bernd se acurrucó aún más cerca de Leni y ella de él. Respiraban al mismo compás y él apretó su cara contra el brazo de ella. Le pareció que olía como una mariquita, un poquito acre.

—Pero no deberían disparar contra los niños –murmuró Poldi.

—Y los niños no deberían ir por ahí en una vagoneta –susurró Leni.

—¿Veis algo? –preguntó Poldi.

Bernd soltó a Leni, se incorporó para asomarse por el terraplén. Ya no había movimiento en los barracones.

—No veo rusos –dijo, permaneció medio agachado e intentó acercarse a la vagoneta. Resultó más fácil de lo que pensaba–. Podemos empujar la vagoneta hasta el cambio de vía, montarnos y ya no creo que pase nada.

Pero no calcularon bien la distancia. Esta parecía cada vez mayor y mover la vagoneta costaba más y más. Apoyándose con fuerza sobre los guijarros, caían de rodillas sobre las piedras afiladas, se frotaban las heridas, jadeaban, maldecían. Seguían temiendo que pudieran volver a disparar contra ellos.

—¡Esos rusos estúpidos! –farfulló Poldi, y Leni no paraba de quejarse.

Justo antes de llegar al cambio de vía saltaron sobre la plataforma, se quedaron en cuclillas, para evitar ser blanco de los rusos, y así impulsaron la vagoneta hasta la otra vía, en dirección a casa, a la estación, a Huber, quien seguro que los reñiría. Pero este los recibió muy amable y profesional, como si fuesen en un tren regular.

—Espero que todo haya ido bien.

Bernd asintió con la cabeza.

Poldi trató de impedir a Leni que hablase, pero ella no se dio por aludida.

—Nos han disparado.

El rostro profesional de Huber se tornó primero blanco, por el sobresalto, después rojo, de ira.

—Así que los disparos iban dirigidos a vosotros. Menudos zánganos, he debido de imaginar que no me escucharíais y que cruzaríais de vía para entrar en territorio ruso.

—Pero usted no nos ha dicho nada del cambio de vía.

El señor Huber sacudió el brazo derecho, y Bernd se imaginó que iba a darle una bofetada. Pero el hombre consiguió dominarse en el último momento.

—Efectivamente, no lo he dicho, porque suponía que no llegaríais tan lejos. Es una suerte que no haya pasado nada peor –parecía estar escuchándose a sí mismo y siguió hablando–: Seguro que voy a recibir una reprimenda de la comandancia rusa. Por vuestra culpa –hizo otra pausa, pero ahora los miraba preocupado–. Vamos, conducid la vagoneta al apeadero. Y se acabó el juego.

Condujeron despacio el maravilloso vehículo a su sitio. Los rusos lo habían fastidiado todo. Bernd buscó a tientas la mano de Leni. Estaba a su lado. Tardaron en decidirse a abandonar la vagoneta, saltar de ella. Les costaba dar por perdido sin más su sueño.

Leni apretó la mano de él.

—Oye, los rusos podrían habernos matado.

Fue Poldi quien respondió en lugar de Bernd, que ya solo sentía la mano de Leni, su calidez.

—Yo no he pasado ningún miedo. Los rusos son demasiado idiotas como para dar en el blanco.

—Pues yo sí he pasado miedo -reconoció Bernd, soltando a Leni.

—Yo también -dijo ella.

9 *Dinero en el zapato*

AL día siguiente, a mediodía, la señora Trübner los recibió en el comedor social con la noticia de que tenía que terminar con su obra caritativa, se acabó lo de dar comida a los refugiados. No podía con los gastos. Además, muchos de sus «huéspedes» se habían marchado en el tren. Mañana repartiría la última comida.

En cuanto salieron del comedor, tía Karla se mostró muy alterada.

—Beata hipócrita. ¡Que no puede con los gastos! Se ha forrado hasta las cejas con las joyas y otros objetos de valor que le ha sacado a los refugiados.

—Pero nos habríamos muerto de hambre sin la señora Trübner y las otras mujeres del comedor –replicó Bernd.

—No creo. Pero tienes razón, Prímula. La señora Trübner nos ha ayudado a superar algunas dificultades. No vamos a quitarle ese mérito. Y ya se sabe, que la caridad tiene por lo general dos caras: la de la generosidad y la del dinero.

Tía Karla decidió cocinar ella misma otra vez. La señora Pluhar no tendría inconveniente en compartir con ella su cocina. Mientras se encaminaban a casa de la señora Pluhar, soltó una perorata sobre la espera, de la cual Bernd se enteró solo a medias, porque estaba pensando en Leni y en la vagoneta.

—¡Esperar! ¡Esperar! ¡Esperar! Me estoy hartando de tanto esperar. Solo porque a Hitler se le ocurrió declarar la guerra a medio mundo. Y matar a gente, además de procurar que los demás pierdan su patria. Y que los expulsen, como a nosotros. Y, encima, esperar trenes que no llegan. Esperamos a que alguien nos venda pan o nos lo regale. Esperamos en la primera tienda, porque allí hay una cola de gente, y estamos deseando conseguir cualquier cosa: cordones, pinzas para la ropa o mantequilla. Esperamos y no nos dejan ejercer nuestros oficios. Somos refugiados de profesión, no nos toleran en ningún sitio. Los oriundos del país nos toman por estafadores, vagabundos o chusma. Solo deseo que tú, Prímula, no tengas que volver a pasar en tu vida por una espera tan absurda como la de ahora.

En ese momento él se despidió, tan repentinamente, tan rápido, que no dio ocasión a tía Karla de poder retenerlo.

—¡No hagas ninguna locura, Prímula! –gritó tras él.

—Nunca la hago –voceó él, sabiendo que sus gritos siempre la molestaban.

No tenía ninguna meta concreta, así que cedió a sus deseos. Primero fue a ver la vagoneta, saltó sobre la plataforma, se sentó sobre el banco y agarró la palanca, como si quisiera salir disparado. ¡Lejos, lejísimos! Cerró los ojos, sintió el viento. Después de un rato, consideró absurdo seguir soñando sobre la vagoneta, en la que tenía prohibido viajar. Se bajó de un salto y se dirigió corriendo al bosquecillo, detrás del apeadero. No lo conocía aún.

Bajo los árboles el suelo era blando y musgoso, daba gusto pisarlo con los pies desnudos. Bernd se detuvo una y otra vez a enterrar los dedos gordos bajo los montoncitos de musgo.

Los árboles crecían juntos y formaban un gran paraguas. Hacía más fresco que «afuera». Descubrió los restos de una cabaña en una bifurcación del sendero. «Igual hay soldados rusos aquí escondidos», pensó Bernd, esos soldados *wlassow* que habían sido perseguidos por los otros rusos. Se sentó entre las paredes agrietadas, buscó indicios que le descubriesen quién podía haberse refugiado allí. No encontró nada. El lugar no le pareció demasiado seguro. En todas partes donde se había desarrollado la guerra los soldados habían dejado sus huellas, visibles o invisibles. La guerra seguía estando presente, como un espectro.

Continuó internándose en el bosque, a pesar de saber que estaba acercándose a la frontera checa. Las fresas silvestres se agrupaban en pequeñas islas. Nadie tenía tiempo de cogerlas. O acaso aquella zona era demasiado peligrosa para hacerlo. Recogió un puñado y se las comió una a una, disfrutando de su aroma.

En un claro del bosque había un camión quemado. Un esqueleto negro de madera y hierro. Según se acercaba a él, un gato salvaje saltó de la cabina, pero el animal no huyó, sino que se le plantó delante, arqueó el lomo y se puso a bufar. Él retrocedió y continuó su camino por el sendero cubierto de vegetación. No pensaba ceder a su miedo, dar media vuelta y correr hacia la ciudad para marcharse después con Perrín al río o ir a buscar a Poldi y Leni. En una ocasión había reconocido su miedo ante tía Karla, después de un ataque aéreo. Mientras estaban tumbados bajo el vagón del tren. Entonces, ella lo había cogido entre sus brazos y le había hablado de su propio miedo. «Créeme. A mí me ha dado más canguelo que a ti –decía "canguelo" en vez de miedo–. Tanto que podría habérmelo hecho en los pantalones, te lo prometo.»

Escuchó voces a lo lejos. No distinguía si estaban hablando en alemán, checo o ruso. Lo cierto era que venían de bastante lejos. El sendero desembocó nuevamente en un claro, una gran pradera desprovista de árboles. Bernd se detuvo, echó un vistazo a su alrededor. Al principio no se percató del hombre, que estaba a lo lejos, sentado sobre un tronco, de espaldas a él. Formaba parte de la escena, de la instantánea. Cuando por fin se dio cuenta, le reconoció enseguida: era el señor Maier. Con el traje negro, como siempre. Parecía llevar una eternidad allí sentado, en aquel lugar apartado, despejado, en mitad del bosque.

Bernd se acercó sigilosamente, como un indio. Tuvo en cuenta todas y cada una de las ramitas que podían crujir o desplazarse, anduvo encogido y respiró lo indispensable. El señor Maier estaba inclinado hacia delante. La chaqueta tensada sobre su espalda. Parecía estar observando algo en el suelo. Bernd pensó: tres pasos más y puedo darle un empujón. Pero no pudo. Bruscamente, el señor Maier se dio la vuelta.

—¿Qué tal, gran jefe Zapato Silencioso? Has

debido de pensar que el viejo trampero es algo duro de oído. ¡Que te lo has creído!

El tocón era lo suficientemente grande como para que el señor Maier le hiciera un sitio.

—Siéntate, ponte cómodo, descansa de tu paseo por el bosque.

El señor Maier se había quitado los zapatos de charol. Los tenía bien colocados delante de sus pies, como si pudiesen salir andando solos.

—No deberías andar por aquí, gran jefe. Es una zona peligrosa. Por aquí suelen rondar unos pieles rojas bastante especiales, emborrachados con agua de fuego.

—Por aquí no hay nada de eso.

—Me refiero simple y llanamente a soldados borrachos, que a veces aparecen por aquí y disparan un par de balas a su alrededor.

Bernd contempló el ancho rostro, que parecía aún más tenebroso con aquella incipiente barba negra que lo sombreaba.

—Pero no a los niños.

—Claro que no. No son monstruos. Pero el alcohol es capaz de convertirlos en demonios. No solo a los rusos, a nosotros también.

—¿Usted también ha sido soldado?

—Sí.

No dijo ni una palabra más. Bajo ese sí se ocultaba todo aquello de lo que hablaba la gente en Laa. Tanto si era cierto como si no. Bernd no insistió.

Permanecieron un rato sentados, en silencio. El señor Maier se puso el dedo sobre los labios. Una manada de ciervos estaba pasando junto a los límites del claro. Cuando desaparecieron, encendió un cigarrillo, entrecerró los ojos y sacó del bolsillo interior de su chaqueta un abultado fajo de billetes, un montón de coronas checas. Empezó a contar el dinero, dividió el fajo por la mitad e introdujo cada una de ellas en un zapato. Repartió con cuidado los billetes por toda la suela y los aplastó. Después se calzó los zapatos. Sonrió de reojo a Bernd.

—Tararí-tararó, llevo dinero en el zapató... –cantó.

El señor Maier le resultaba muy inquietante, igual que el primer día en Laa, cuando había entrado por la pared, cuando de repente estaba allí.

—No digas nada, no preguntes –el hombre se puso en pie, sobre el dinero, y bajó la cabeza para mirar a Bernd.

El chico, efectivamente, prefirió no preguntar nada. Seguro que el dinero que había metido en sus zapatos era algún asunto ilegal. Mejor no saber nada. Sacudió la cabeza.

Maier posó su mano sobre el hombro de

Bernd. Se hizo más y más pesada con cada frase que pronunciaba.

—Atiende, vas a recibir respuesta a lo que no has preguntado. La guerra se ha terminado, hace ya casi dos meses. Hay dinero que pierde su valor, otro que vale más, al menos de momento. La corona se revalorizará pronto, igual que el chelín austríaco. Con este dinero se gana dinero. ¿Entiendes, gran jefe Ojos Vendados? Es difícil y peligroso cruzar la frontera. De allí me traigo nuestros marcos y le llevo a ellos coronas, que ya no sirven a los refugiados. Yo mismo me procuro las comisiones. Me has pillado justo cuando me estaba llenando los zapatos para cruzar la frontera. Guárdame el secreto, chico, márchate del bosque y ponte a salvo con tu tía Karla.

El señor Maier retiró su mano del hombro de Bernd, dio media vuelta y se dispuso a cruzar el claro, con los zapatos negros repletos de dinero.

—Pero pueden apresarle en la frontera –dijo Bernd.

El hombre giró la cabeza.

—No exageres, chico. Nada de apresarme. En todo caso me detendrán, y me soltarán enseguida. El dinero también sirve para eso. No te preocupes por mí. No me lo merezco, gran jefe Pata de Conejo.

Sin tomarse un respiro, Bernd no paró de correr hasta que llegó a casa. Perrín salió a su encuentro y no se despegó de su lado.

Se preparó para el recibimiento de tía Karla. Estaba sentada en el centro del pequeño cuarto y al parecer llevaba un buen rato, expectante, con la mirada fija sobre la puerta. No le dejó ni abrir la boca.

—¡Nada de excusas, Prímula! No quiero oír tus mentiras. He dejado salir al perro porque ya no había forma de tranquilizarlo. Seguramente estaba más preocupado que yo misma. No quiero saber por dónde te has metido –dijo, furiosa; pero casi instantáneamente se desdijo–: ¿Dónde te has metido, Prímula? ¿Dónde, por favor?

Él contestó al instante:

—En el fin del mundo.

Aquellas palabras dejaron a tía Karla totalmente desconcertada. Necesitó un buen rato para recuperar el habla. Y entonces no fue capaz más que de articular una sola palabrita.

—¿Dónde? –y añadió en voz baja–: ¿A qué viene eso?

—Tú también lo dices a veces.

—¿Yo?

—Sí, cuando llegamos aquí, dijiste: «Me parece que ahora estamos en el fin del mundo».

Tía Karla se agarró la barbilla con dos dedos, lo cual solía hacer cuando estaba desconcertada o pensando.

—No me interesa saber dónde has estado o qué has estado haciendo. Solo te pido, por favor, que tengas cuidado. Ya me desquició bastante los nervios el que los rusos os disparasen en la vagoneta. La gente de la ciudad no acaba de tranquilizarse. La señora Huber me ha pedido disculpas por la inconsciencia de su marido.

—Precisamente ella...

Aquello puso punto y final a la conversación. Ahora Perrín estaba roncando sonora y pausadamente debajo de la cama.

Bernd se lavó la cara en la palangana, se limpió los dientes y se metió en la cama.

Tía Karla sacó la baraja de su estuche de cuero y se puso a hacer un solitario.

—En el fin del mundo... –la oyó murmurar Bernd.

10 Un encargo peligroso

No llamó a la puerta. Ni carraspeó. De repente estaba en la habitación, el fabuloso señor Maier. Dijo:

—Servidor de usted –aquello venía a significar más o menos «Buenos días».

Tía Karla respondió:

—¡Jesús, María!

Y la señora Pluhar desapareció como un rayo. Únicamente se alegraron Perrín y Bernd. Uno meneó su rabillo, el otro dijo, asombrado:

—¡Huy!

Al día siguiente, la señora Pluhar trató de justificar su hostilidad. Habría podido jurar que aquel Maier era un enviado del diablo. Hasta su sudor olía a azufre.

—No suda nada en absoluto. Huele a un perfume que se llama *Juchten*. Me lo ha dicho. A los rusos les encanta.

De modo que el señor Maier la había sorprendido, olía a *Juchten* y no a azufre, y enseguida fue al grano. Se dirigió a tía Karla con una ligera inclinación de cabeza.

—No quisiera molestar, señora. Se trata de algo sin importancia. Por favor, permita que su sobrino me acompañe en una pequeña excursión.

—¿Prímula? –murmuró tía Karla. Bernd no sabía si negarse o asentir.

—¿Quién es Prímula? –el señor Maier echó una ojeada por la habitación.

—Él –tía Karla señaló con la barbilla a Bernd, quien buscó refugio a su lado. No se fiaba mucho del antojo de Maier.

—¡Prímula, le pega! –opinó el señor Maier.

—¿Y adónde se va de excursión?

—A ningún sitio en concreto –explicó el señor Maier–, con la vagoneta.

—¿Puedo creer lo que dice?

Con su traje negro, inmaculado, su camisa blanca y su corbata, el señor Maier presentaba un aspecto como si hubiese que creerle todo.

Tía Karla lanzó a Bernd una mirada de advertencia, como diciendo «¡No te vayas lejos!».

—¿Con la vagoneta, de verdad?

—Sí.

—¿Y al señor Huber no le importa?

El señor Maier esbozó una sonrisa reveladora.

—No creo que el señor Huber rehúse hacerme un favor –después esperó un momento y confirmó sin que tía Karla pudiese decir ni pío–: De modo que Prímula puede venir conmigo.

—Y Perrín –se apresuró a sugerir Bernd.

Con aquello el señor Maier no parecía estar particularmente de acuerdo, puesto que miró al animal como si quisiera darle una patada.

—Por mí –dijo tras hacer una pausa–, si no puedes arreglártelas sin el chucho...

Perrín lo comprendió y se hizo sitio entre las piernas de Bernd.

El señor Maier hizo salir a Bernd de la habitación, se detuvo una vez más ante la puerta y dijo sin molestarse en mirar a la tía Karla:

—Probablemente regresaremos algo tarde. Así que no se preocupe usted.

Bernd oyó que tía Karla repetía indignada tras la puerta:

—¡No se preocupe, no se preocupe!

Mientras bajaban por las escaleras, Bernd detrás del señor Maier, aquel hombre del traje oscuro se le antojó incluso más grande y poderoso de lo habitual.

Abajo, en la calle, el fabuloso señor Maier resopló, soltando un silbido, y posó su mano sobre la cabeza de Bernd.

—Bueno, ya podemos marcharnos.

Bernd levantó la cabeza para mirarlo. El señor Maier olía a su perfume de siempre.

—¿De verdad vamos a montar en la vagoneta?

Maier asintió. Sus pequeños ojos se abrieron de par en par.

—Por supuesto que sí, mi querido Prímula.

A Bernd no le gustaba que el señor Maier lo llamase Prímula. Eso estaba reservado solo para tía Karla. Pero no le pidió que dejase de hacerlo.

No se dirigieron a la vagoneta por el camino habitual; el señor Maier estaba dando rodeos por calles que Bernd no conocía. Pasaron por delante de la escuela, a la que seguramente irían Leni y Poldi. Había un par de niños jugando en el patio. «Quizá habría sido mejor que tía Karla me hubiese matriculado –pensó Bernd–. De ese modo, el señor Maier no me habría podido ir a buscar.» Sentía un poco de miedo. No podía explicarse el porqué. Trotaba en silencio al lado de aquel hombre alto, que no había vuelto a decir ni una sola palabra.

Había estado lloviendo a cántaros durante toda la noche. Tenían que andar evitando los charcos. El sol levantaba vapor de la calle.

Perrín continuaba pegado a sus talones.

Algunas personas con las que se cruzaban saludaban al señor Maier, otras se le quedaban mirando, como si se asustasen solo de verlo.

De pronto un *jeep*, al que le patinaban las ruedas, se detuvo junto a ellos. Perrín saltó a un lado y se puso a aullar. Se trataba de una patrulla rusa. El oficial que iba sentado al lado del conductor exclamó:

—*Towarischtsch* Maierr.

El señor Maier se dirigió a paso lento hacia el vehículo. Bernd se mantuvo con Perrín a una distancia prudencial. El oficial hablaba en ruso con el señor Maier. Pero no hablaba enfadado, más bien le estaba pidiendo algo.

Maier estuvo escuchando, levantó los hombros un par de veces, como si no supiese cómo podía ayudar al oficial. El oficial asintió con la cabeza, después dio con el índice extendido unos golpecitos sobre el pecho del hombre. Entonces, Maier asintió también, retrocedió un paso, el oficial le dio una orden al conductor y el *jeep* arrancó. El señor Maier se frotó la frente con la mano y siguió al coche con la vista. Después se volvió hacia Bernd, sonriente.

—Están locos. Se creen que porque hayan ganado la guerra pueden conseguir todo lo que se les antoje.

Puso su mano, despacio, sobre la nuca de Bernd y lo acercó a él. Permanecieron de nuevo un rato en silencio. Pero a Bernd le venció la curiosidad.

—¿Qué quería ese ruso?

El señor Maier se sacó del bolsillo un paquete de cigarrillos y se lo puso a Bernd delante de las narices.

—Exactamente esto. Americano. Pero ahora no puedo complacerle, puesto que yo mismo me lo tengo que racionar –encendió un cigarrillo y exhaló el humo por encima de la cabeza de Bernd. El chico no le había visto fumar nunca. Quizá lo hacía para demostrar su triunfo sobre los rusos.

De repente, a Maier le entraron las prisas. Bernd seguía su marcha a duras penas. En cambio a Perrín le agradaba el ritmo.

La vagoneta los aguardaba en su sitio. Después de la prohibición del señor Huber, Bernd se había despedido de ella. Ahora, gracias a las influencias del señor Maier, al menos podría volver a montar en ella una vez más, ir a toda velocidad, volar.

—Yo me ocupo de la palanca –dijo el hombre.

Con el señor Maier solo podía ir de pasajero. No le importaba. Se sentó de espaldas a él, mirando en dirección a la marcha, con Perrín a su lado sobre el banco, temblando de impaciencia. El vehículo se puso en movimiento y en poco tiempo aumentó su velocidad. El señor Maier era muy fuerte. Con Bernd la vagoneta no iba tan rápida.

El señor Huber estaba de pie delante de la estación. Con él, su mujer y la elegante señorita Janowitz. Cuanto más se aproximaban, más agitaban ellas sus manos. La señorita Janowitz llevaba incluso un chal de seda. Estaban saludando y casi inmediatamente se despidieron. Porque el señor Maier no tenía intención de frenar.

—¡Jenö! –gritó la señorita Janowitz.

—¡Tenga cuidado! –suplicó la señora Huber.

Y el señor Huber exclamó:

—¡Se lo ruego!

Bernd comenzó a hablar con el viento en contra y sin volverse hacia el señor Maier.

—¿Es ese su nombre? ¿Jenö?

—Uno de ellos –lo dijo sin gran esfuerzo. El viento parecía fragmentarse al llegar a su boca.

—¿Pues cuántos nombres tiene usted? –preguntó Bernd, fastidiado.

—No me preguntes, Prímula. Tú también tienes dos, Bernd y Prímula.

—¡No, cuatro! –por fin podía presumir de ello con el señor Maier–. En realidad me llamo Bernhard Rudolf. Pero poca gente lo sabe. Todos me llaman Bernd. Y tía Karla me llama Prímula.

Perrín puso punto y final a la frase de Bernd

al estornudar con tanta fuerza que se cayó del banco, aunque subió enseguida de un salto y ocupó otra vez su sitio al lado de Bernd.

—Ya lo ves. Tú tampoco tienes un solo nombre.

—¿Y usted cuántos tiene?

—Si lo supiera. Te los recitaría todos. Déjame en paz.

—¿Y por qué Huber le ha gritado «¡Se lo ruego!»? ¿Qué le estaba pidiendo?

El señor Maier no respondió de inmediato. La vagoneta marchaba a toda velocidad, se adentró vertiginosamente en la campiña, entre prados y sembrados y, por vez primera, en un bosquecillo. Nunca había llegado tan lejos.

—¡Huber! –gritaba ahora el señor Maier–. Huber era empleado ferroviario del Reich alemán y ahora se ha vuelto a convertir en un ferroviario austríaco. Lo cual no cambia para nada el hecho de que sea un cobarde. Los cobardes siempre piensan que si suplican «¡Se lo ruego!» ya no son responsables de nada. De modo que el notable señor Huber delega su responsabilidad por nuestro viaje. ¿En quién?, eso le da igual. En mí, en ti o en el comandante de zona soviético.

Las reflexiones del señor Maier le parecieron a Bernd una estupidez. A Perrín también. Se puso a gruñir al viento.

El señor Maier estaba haciendo un esfuerzo enorme para seguir impulsando la vagoneta. Casi llevaban la misma velocidad que un tren lento. Bernd mantuvo su rostro contra el viento. Podría seguir viajando así mucho tiempo, sin pensar siquiera en que estaba en la vagoneta en compañía del señor Maier, cada vez más lejos, más lejos.

A veces los raíles entraban en una hondonada y el paisaje desaparecía. Después, el vehículo volvía a subir y se encontraban con un pequeño bosque o, como ahora, con una granja rodeada por prados y tierras de labor.

Todo le era desconocido. Todo nuevo y extraño.

Después de la granja, los raíles conducían con una amplia curva hacia un bosque plagado de maleza densa y oscura. Por todas partes, matorrales, arbustos. Nubes de mosquitos se abalanzaron sobre ellos. Bernd se puso a dar manotazos a su alrededor y Perrín daba vueltas sobre sí mismo como un trompo, jadeando.

—Enseguida los dejaremos atrás –exclamó Maier. Tenía razón. Delante de ellos se extendía una meseta seca, polvorienta, que a Bernd le parecía que de pronto tenía un límite y se interrumpía.

—Ahí detrás hay una cantera –explicó el señor Maier, y dejó que la vagoneta se detuviese sola.

—¿Tenemos que regresar? –preguntó Bernd, volviendo la cabeza hacia él.

El señor Maier se limpió el sudor de la frente y de la cara con un pañuelo, inspiró con fuerza un par de veces y sacudió la cabeza.

—No se puede ver la cantera de ahí enfrente. Pero se intuye. Aquí se acaba el mundo.

Perrín saltó de la plataforma, se dedicó a seguir algún rastro durante unos instantes y volvió muy impaciente.

—¿Qué estamos haciendo aquí? –Bernd miró a su alrededor. Hierba seca y tierra polvorienta era todo lo que alcanzaba a ver.

Suspirando, el señor Maier, que se había sentado sobre el otro banco, le hizo señas para que se acercase.

—Siéntate conmigo. Tienes que ayudarme, Prímula. Yo sé que puedes. Eres un chico listo y valiente. Puedo confiar en ti. Bueno... –Maier se quedó mirando fijamente el borde mellado del precipicio–. Bueno, ya viste una vez cómo cruzaba la frontera con el dinero en los zapatos –le dio un pequeño codazo a Bernd y soltó una breve carcajada–. No era mal negocio. Era. Ahora tengo que dejarlo. Hay demasiados que también están metidos en el mismo negocio; me están siguiendo la pista y no son precisamente amables, Prímula. La verdad es que no lo son.

Bernd miró de reojo al señor Maier. Lo decía en serio.

—Quiero dejarlo. Tengo que dejarlo. Tengo que marcharme de Austria. Necesito que me ayuden para eso. No me puedo enemistar con todo el mundo.

Bernd comprendía bastante, pero no todo. De todas formas, lo que estaba diciendo el señor Maier le daba miedo.

—¿Por qué tiene tantos enemigos?

—Algunos son viejos, otros nuevos –contestó el hombre.

Bernd se quedó igual que antes.

Maier introdujo la mano en el bolsillo interior de su chaqueta, impoluta, sin rastro de polvo a pesar del viaje, y sacó una carta.

—En esta carta les digo a mis socios del otro lado de la frontera que lo dejo. Que ya no cuenten conmigo.

Bernd escudriñó el sobre, preguntándose dónde podría haber un buzón por allí.

—Me están esperando –dijo el señor Maier y agachó la cabeza, pensativo y abochornado. Continuó hablando sin levantar la vista–. Va a cambiar el tiempo. Tenemos que darnos prisa.

Bernd observó la raya bien trazada que dividía el pelo brillante de su cabeza.

Maier se incorporó de repente. Perrín se sobresaltó y saltó de la vagoneta. Bernd se dio cuenta de que ahora iba a ir directo al grano.

Maier le puso la carta en la mano y le ordenó:

—Ahora vete. Con la carta. Abajo, en la cantera, hay una casita. Allí te están esperando. Entrégale el sobre al hombre. No tienes por qué esperar la respuesta. Simplemente regresa aquí.

Bernd escuchaba con la respiración entrecortada. Tenía la sensación de estar paralizado. ¡No podía pedirle que hiciera aquello! Si tía Karla hubiese estado allí, le habría echado una bronca.

—Usted no puede... –tartamudeó.

—¿Qué?

—Mandarme ahí abajo.

—No te pasará nada. Te lo juro.

Bernd miró al señor Maier a los ojos y comprendió que no le quedaba otra salida. Marcharse corriendo no tenía sentido. Estaba demasiado lejos de la ciudad.

—Pero el hombre de ahí abajo no me conoce.

—Da lo mismo. No te hará nada.

—¿Cómo lo sabe?

—Lo sé –contestó él sin vacilar y le empujó fuera de la vagoneta–. Corre –exclamó–, arregla el asunto, Prímula.

Empezó a correr por la hierba reseca como alma que lleva el diablo, Perrín detrás de él. Iba siguiendo un sendero. La rabia cedió a la impotencia. Se habría echado a llorar. Mientras corría, hablaba consigo mismo.

—Menudo canalla. Se cree que puede hacer lo que quiera conmigo. Él no se atreve. Seguramente, porque habrá estafado a la gente con su dinero en el zapato. O con otras cosas. ¡No pienso volver a verle nunca más! ¡Nunca más!

Perrín estaba ocupado en seguir un rastro. Conducía directo al precipicio. Pero no desaparecía en el mismo borde. Desembocaba en un arriesgado sendero serpenteante.

Bernd se quedó parado junto al borde. Estaba jadeando. Tenía la frente empapada, el sudor resbalaba sobre sus ojos y escocía. Se lo limpió con el dorso de la mano. Tendría que haberse negado con más insistencia a hacer ese encargo.

—¡Ven, Perrín!

Tuvo cuidado al dar los primeros pasos por el escarpado sendero. Caminaba despacio, inseguro. Se dio cuenta de que llevaba sueltas las suelas de los zapatos. «Tía Karla me va a montar un número -pensó-. Tu único par de zapatos, se quejará. ¿Cómo vamos a conseguir aquí unos zapatos?»

Abajo, en la casita, no había señales de vida.

Se preguntó si para más seguridad no le convendría anunciarse a medio camino. Se detuvo.

Perrín volvió la cabeza para mirarle, se acostó sobre una piedra recalentada y se estiró.

—¡No te relajes! –advirtió al animal, y a sí mismo.

En cuanto Bernd se puso en marcha, Perrín se incorporó de inmediato, espabilado y atento.

—¡Hola! –gritó Bernd–. ¿Hay alguien ahí? –seguramente también el señor Maier le estaría escuchando.

Abajo no se movió nada. Gritó de nuevo, esta vez más alto.

—¡Hola!

Un hombre joven salió de repente del abrigo de la casa. Solo llevaba puestos los pantalones. Tenía el torso desnudo. Andaba descalzo y agitaba su fusil. Bernd no pudo entender lo que decía. Se detuvo de nuevo e hizo señas al hombre con la mano. «Si me mata de un tiro –se le ocurrió pensar–, tía Karla no sabe dónde estoy». Sacó fuera la carta del señor Maier, que se había arrugado bastante dentro del bolsillo de su pantalón, y la levantó con el brazo.

—Me han dicho que la traiga –exclamó, y al mismo tiempo pensó, asustado: «A lo mejor no habla alemán. A lo mejor no me entiende». Él apenas sabía checo. Volvió a intentarlo–: ¡Hola!

El joven había dejado el fusil sobre el suelo y poco a poco se iba acercando a él. Perrín se quedó detrás de Bernd. Parecía intuir el peligro.

—¿Qué pasa? ¿Qué traes? –ahora se le entendía bien. Hablaba con acento. Seguramente era checo, del otro lado de la frontera.

—Es una carta del señor Maier –Bernd sostenía el sobre por encima de su cabeza.

—¿Del doctor? Vaya, vaya –el hombre se había aproximado tanto que Bernd podía oler su sudor. Y también un olor parecido al de las mujeres del comedor, a caldo y a patatas.

—¡Vamos, ven! –el hombre extendió su brazo derecho y atrajo a Bernd hacia sí como a un perro. Perrín empezó a gruñir–. Qué chucho tan gracioso –opinó–, un simpático bastardo –se echó a reír y escupió. Los músculos de su pecho y hombros se tensaron.

Bernd colocó la carta encima de una piedra que tenía delante y dirigió una breve mirada al hombre, que aún se encontraba a una distancia bastante prudencial.

—Esa es la carta –y dio media vuelta.

Se precipitó cuesta arriba. Tenía que conseguirlo. Perrín le seguía y lo adelantó. No se atrevía a volver la vista atrás. Sin duda había sorprendido al hombre, porque ahora él estaba gritando:

—¡Alto! ¡Espera!

Si quería disparar, tendría que volver por el fusil.

En cuanto llegó arriba, se tiró al suelo, cerró los ojos, estuvo atento a posibles pasos, agarró a Perrín y se asomó por el borde. El joven tenía un gesto amenazante y llevaba el fusil en sus manos. Ya no estaba solo, dos hombres más, con fusiles también, estaban hablando con él. Bernd podía oír sus voces.

Bernd se alejó lo más que pudo, arrastrándose, para que los de abajo no pudiesen verle, se levantó de un salto y echó a correr.

—¡Deprisa, Perrín, esos vienen a por nosotros!

Corrió hacia la vagoneta, sobre la que estaba el señor Maier de pie, agitando la mano.

—¡Hay unos cuantos siguiéndome, con fusiles! –gritó sin aliento.

Daba la impresión de que el señor Maier estaba bailando sobre la plataforma, como un pelele. Levantaba los brazos, daba saltos, agitaba las manos y gritaba:

—¡Ven! ¡Ven! ¡Date prisa! Esos chicos no se andan con bromas. ¡Ven!

El señor Maier movía la palanca de aquí allá, como un poseso, y la vagoneta se puso en movimiento. Perrín saltó como un loco sobre la plataforma.

—¡Ven!

La vagoneta iba cada vez más deprisa. Bernd corría a su lado.

—Sube de una vez.

Bernd se lanzó sobre la plataforma, se golpeó la barbilla con la madera. Dolía. Estaba tumbado boca abajo, quiso incorporarse, pero el señor Maier le puso el pie sobre la espalda.

—Quédate tumbado. Están disparando

Efectivamente, le habían seguido. Miró hacia el borde del precipicio, la mejilla pegada sobre la cálida madera. Estaban los tres juntos, apuntando con los fusiles. Los disparos sonaban como chasquidos de látigo, cortos y secos.

El señor Maier accionaba la vagoneta cada vez más deprisa. Una de las balas dio contra el armazón metálico de la plataforma, produciendo un desagradable clic.

Bernd observó cómo los tres bajaban sus fusiles.

La vagoneta siguió desplazándose a toda prisa hacia una pequeña zona boscosa. Al amparo de los árboles y de la maleza, el señor Maier se quedó sin aliento. Lentamente, se desplomó sobre el banco, se inclinó hacia delante, escondió su rostro entre las manos y se echó a llorar. Perrín golpeó con su hocico la cabeza de Bernd. Mientras se incorporaba, el chico se dio cuenta de que goteaba sangre de su barbilla.

—Estoy sangrando –se tocó la herida.

El señor Maier se sacudió, como si quisiera

quitarse de encima un mal sueño, y observó a Bernd, ausente.

—No es nada grave –dijo.

Bernd se abalanzó hacia él y golpeó con sus puños al fabuloso señor Maier.

—Usted tiene la culpa –gritó–. Por poco nos matan. Por su culpa. Solo por esa maldita carta. Y por su maldito dinero. Y porque, además, usted no es el señor Maier, sino...

—¿Sino? –preguntó el señor Maier, muy tranquilo, y tomó a Bernd entre sus brazos.

Bernd se echó a llorar. No pudo evitarlo.

—Dilo de una vez, Prímula.

Apartó a un lado los brazos pesados, fuertes, del señor Maier.

—¡Ha sido una canallada! –dijo–. Yo no sabía qué clase de gente era.

El señor Maier le dio la razón, asintiendo con la cabeza, pero no añadió ninguna explicación.

—Quiero ir a casa.

—¿A casa? –sonrió el señor Maier.

—Sí, con tía Karla.

—Será mejor que no le cuentes nada acerca de nuestra aventura.

—¡Claro que sí! Yo no quiero ser un mentiroso como usted.

El señor Maier se levantó, agarró la palanca y la puso en movimiento.

—Bien, pues a casa –murmuró.

Bernd se sentó en el banco, en el sentido de la marcha. Raíles y travesaños se deslizaban ante él a una velocidad enorme, como si la vagoneta, insaciable, los fuese devorando. Colocó a Perrín sobre su regazo y lo acarició.

—Esto se va acabar de una vez por todas.

Cuando pasaron junto a la estación, saltó de la plataforma. Perrín le siguió. Sorprendido por la marcha de Bernd, el señor Maier trató de frenar la vagoneta.

—¡Hasta pronto, Prímula! –exclamó.

Sin mirar atrás, Bernd gritó furioso:

—¡Nunca más! ¡Nunca más!

11 No pasa nada

En cuanto abrió la puerta con cuidado, tía Karla se levantó bruscamente de la silla y empezó a pasearse a toda velocidad de un lado a otro, entre la cama y el hornillo.

—Casi me muero por la angustia. ¿Sabes lo tarde que es? ¡Casi las diez! Llevas siete horas viajando por ahí en una vagoneta con un delincuente, un demente, una persona a la que no conozco. No debería haberlo permitido nunca. En realidad no lo he hecho. Ese tipo me ha engatusado.

Bernd la escuchaba con la cabeza gacha, temiendo que pararía de pronto y le atizaría una bofetada.

Perrín estaba rascando la puerta. Probablemente se había quedado fuera porque presentía el enfado de tía Karla. Pero ahora quería estar a su lado. Bernd agarró el picaporte y abrió la puerta, tan solo una rendija. Perrín entró disparado, encontrándose con tía Karla en su camino. La mujer estuvo a punto de tropezarse. Interrumpió su paseo y observó a Perrín con una mirada que en realidad iba dedicada a Bernd. Le tocó a Perrín en lugar de a Bernd sufrir el castigo. La tía se acercó al animal.

—¡Y, encima, este chucho impresentable, este convidado de más, este pellejo apestoso!

El perro se metió bajo la cama.

—Déjalo –Bernd se dejó caer poco a poco, apoyado en la puerta, hasta quedar en cuclillas. El arriesgado viaje con el señor Maier empezaba a hacer efecto. Se abrazó a sus rodillas y todo su cuerpo empezó a temblar. Al verlo, Perrín salió de su refugio. Dio un rodeo, rozando al pasar a tía Karla y se arrimó a Bernd. Tía Karla interrumpió de pronto su perorata. Contempló a Bernd, asustada, y se plantó a su lado.

—Jesús, María, ¿qué te pasa, Prímula? Estoy aquí gritándote y ni siquiera me doy cuenta de la mala cara que tienes. Seguro que ese señor Maier tiene la culpa de todo.

Eso, precisamente, era lo que no quería escuchar. Encogió aún más las rodillas, apoyó la cabeza sobre los brazos y trató de luchar contra los temblores. Pero venían de muy adentro y cada vez eran más intensos.

—Me estoy congelando –murmuró.

Tía Karla acercó su frente a la suya.

—No puede ser, Prímula, con este calor. ¿Qué ha pasado? –tía Karla no se rendía–. Ven, siéntate a la mesa. Voy a hacerte un té y un bocadillo, y después te acuestas enseguida.

Lo que le estaba proponiendo sonaba bien. Pero no podía ceder así sin más. Siguió en cuclillas.

—¡Perrín también tiene hambre y sed!

El animal empezó a menear el rabo. Tía Karla apartó con suavidad a Bernd, abrió la puerta y dejó vía libre a Perrín para que se fuese a su comedero.

—En marcha, abajo, con la Pluhar. No te voy a dar ni una rodaja de nuestro salchichón.

—¿No podrías ser un poco más amable con él?

—Vamos, no te pongas así, Prímula; levántate.

Adormilado, temblando, el chico se puso a mirar cómo tía Karla lo hacía todo a la vez: poner a hervir el agua para el té, preparar el bocadillo, alisar las camas. No paraba de dar vueltas.

—Nos han disparado –comentó más bien para sí.

Tía Karla, que estaba sirviendo el té en ese momento, dio media vuelta para mirarle.

—¿Otra vez los rusos?

«Rusos no eran –pensó él–. Tal vez checos. Pero también podía ser gente de por aquí.»

—No eran rusos. No llevaban uniforme.

Tía Karla asintió con la cabeza, como si todo estuviese claro para ella.

—Son bandidos. Seguro que eran bandidos. Probablemente, el señor Maier sea su jefe.

Bernd se sentó a la mesa. Le fastidiaban las afirmaciones de tía Karla.

—Eso son bobadas. Si fuese su jefe no dispararían contra él.

Ella no tenía intención de dar su brazo a torcer. El hecho mismo de pensar en el señor Maier la ponía furiosa.

—Come y bebe de una vez –dijo con aspereza.

—Eres estupenda –dijo el chico con la boca llena de pan.

Tía Karla lo miró perpleja y se sentó frente a él.

—¿A qué viene eso? Hace nada me habrías puesto de vuelta y media por criticar a tu señor Maier.

—No es *mi* señor Maier.

—Ya... Pues cuando te has ido con él lo parecía.

Él siguió masticando, en silencio. En realidad llevaba razón. El señor Maier poseía un magnetismo especial. Era misterioso, pero también divertido y un gran actor. Ningún otro adulto se había ocupado tanto de él, nadie se hubiera montado con él en la vagoneta. Pero hoy le había embaucado de mala manera y lo había utilizado como mensajero.

La habitación aún estaba cargada con el calor del día. Las moscas daban vueltas en el techo alrededor de la única bombilla. Ya empezaba a sentirse mejor. Pero se encontraba débil y cansado.

La mano de tía Karla se deslizó sobre la mesa y agarró la suya.

—Las gentes como Maier, Prímula, son fantasmas. Vienen de la guerra y nadie sabe lo que han hecho ni quiénes son. Quizá sea un oficial. Quizá un hombre de la S.S. O un ruso, que ha luchado contra los soviéticos en el bando alemán. O un espía. Ahora interpretan cualquier papel y se ganan la vida por ahí. Antes eran poderosos y ahora son listos. No les importan las personas. No tienen amigos.

Había comido demasiado deprisa, eructó, se quitó la camisa por la cabeza. Tía Karla llenó la palangana con agua caliente. Se lavó solo por encima. Tía Karla hizo la vista gorda, no le reconvino ni le riñó, ni siquiera cuando descubrió la herida de su barbilla.

—Hay que protegerla con un esparadrapo –dijo tan solo.

Se quitó los pantalones y se dejó caer sobre la cama. Tía Karla se sentó en el borde. Aún no había digerido lo que él le acababa de contar. Estaba claro.

—¿Qué quería de ti, Prímula?

—Ya te lo he dicho. He tenido que llevar una carta a los hombres de una cantera. Una carta de disculpa. O algo parecido.

—Bueno, dime: ¿Con quién tenía que disculparse el señor Maier?

—Me ha dicho que no quería hacer más negocios con ellos.

Tía Karla lanzó un silbido.

—Pues va de culo.

—Tú siempre dices que no debo decir esas cosas.

—Con el señor Maier no se me ocurre nada mejor. ¿Y esos miserables piojosos os han disparado?

—Sí.

—¿Y no ha pasado nada?

—No.

12 *Un viaje algo diferente*

A la mañana siguiente seguía reinando la inquietud. Solo que de otro modo.

—Por fin hay movimiento –se regocijó tía Karla y le animó a levantarse. Pero pasó bastante tiempo hasta que se enteró de qué se trataba. Se lavó, se vistió, desayunó, vio cómo desaparecía tía Karla y la señora Pluhar entraba con prisas en la habitación, buscando algo, que, evidentemente, no encontró. Perrín se había refugiado bajo la silla de Bernd y estaba esperando a que este saliese. Pero Bernd se quedó sentado. Primero tenía que averiguar qué estaba sucediendo.

Por su cabeza pasaron extrañas ideas. A lo mejor obligaban a todos los refugiados a mudarse a una sola casa. A lo mejor los austríacos y los checos habían cambiado sus fronteras. A lo mejor iban a sustituir el ferrocarril por un autocar. A lo mejor, el fabuloso señor Maier se había convertido en alcalde de Laa. Bernd se rió y le rascó en el cuello a Perrín: ¡Estaría bueno!

Tía Karla abrió la puerta de golpe, pero no entró en el cuarto, sino que le espetó indignada:

—¿Qué haces ahí sentado como un pasmarote y sin recoger? Podrías empezar a empaquetar.

—¿Empaquetar qué?

—Tus cosas. Dios mío, sí que eres duro de entendederas.

—Pero ¿por qué?

Se plantó delante de él en dos zancadas.

—Por fin nos vamos, Prímula. ¿Te ha paralizado el cerebro la espera? A primera hora de la tarde llega un tren. Huber jura que es verdad. Tenemos que estar en la estación más o menos a mediodía.

Se acabó todo. ¿Y Leni? ¿Y la vagoneta?

—¿Hoy, de verdad?

—¿Qué pasa contigo, Prímula? –tía Karla se sentó a su lado, tomó su barbilla entre sus dedos–. Llevamos mucho tiempo esperando y aquí nos estamos desmoralizando bastante. En cuanto salgamos de este poblacho, se habrá acabado la guerra para nosotros.

—¿Y nos vamos a Viena?

Tía Karla vació el armario y dejó las maletas abiertas en el centro de la habitación.

—Por supuesto.

—¿Y si el tren no va a Viena?

—Pues cambiamos de tren.

—¿Y si no viene ningún tren?

—Qué fantasioso eres, Prímula. De todos modos, no vamos a quedarnos aquí esperando. Ya veremos si nos lleva algún automóvil, un coche de caballos, o tendremos que ir a pie hasta la próxima estación. No, no nos quedaremos esperando aquí ni un instante más.

Perrín empezó a golpearse la pata con el hocico. Tenía que salir.

Por primera vez desde su llegada tía Karla se había puesto su grueso traje de viaje gris.

—Perrín tiene que salir –dijo Bernd–. ¿Puedo bajar con él?

Tía Karla estaba amontonando ropa blanca, camisas, calcetines, pantalones, chaquetas y faldas junto a las maletas. El chico recibió una respuesta áspera:

—Si no vuelves a tiempo, Prímula, me perderás de vista. Y al tren. Me da igual cómo te las arregles –volvió a agacharse, suspiró con suavidad y exclamó–: Por cierto, el perro se queda aquí, con la señora Pluhar. Tenlo presente.

Lo comprendía. A pesar de ello, le dolía pensar en tener que despedirse de Perrín. Miró a un lado y a otro de la calle, sin decidirse. El cielo gris plomizo estaba desplazando el calor húmedo como un bloque. No tenía ningún sentido esperar a Leni y Poldi. Aún estaban en la escuela. Decidió ir a la estación. Ya de lejos, vio a un grupo de personas con mucho equipaje, congregadas alrededor del banco que solía usarse para las esperas. Y, por supuesto, al señor Huber, que estaba charlando o dando instrucciones.

Bernd se acercó vacilante, deteniéndose una y otra vez, mientras Perrín se entretenía husmeando maletas y hatillos.

—Me han confirmado lo del tren –oyó decir al señor Huber–. Tengo incluso el número.

—Pero no sabe con exactitud cuándo llega –le reprochó una de las mujeres.

Y un joven, al que Bernd no conocía, añadió con cierto sarcasmo:

—Harán falta un par de años más de paz, hasta que consigan organizar el tráfico regular de trenes –sonrió y su rostro delgado se cubrió de arrugas. No llevaba puesto más que la camisa y los pantalones, y estaba sentado sobre un abultado saco de marinero.

Bernd recordó la advertencia de tía Karla, aquello de que había que andarse con cuidado con los hombres de menos de sesenta años que se mezclaban con los refugiados. Que habrían cambiado de nombre tan a menudo, que ya no sabían ni quiénes eran. Ese parecía ser uno de ellos. Pero, por otra parte, a Bernd le agradaba su forma de reír. Y no tenía tan mala pinta tampoco. Si iban a viajar juntos, tía Karla ya se ocuparía de interrogarle.

La señora Huber le saludó desde la ventana del primer piso.

—Hola, Bernd. ¿Dónde está tu tía?

Él levantó la vista. La señora Huber ocupaba toda la ventana con su enorme pecho y su cabeza llena de rulos.

—Pero el tren no llega hasta esta tarde.

La señora Huber asintió.

—Ya, pero como siempre suele venir antes.

¿Qué podía contestarle a eso? Un grito de alarma se lo impidió. ¡Los rusos! Ya estaban allí. Vociferando, agitando sus metralletas. Nadie comprendía las órdenes que daban. Todos se agacharon para cuidar de sus equipajes. Y todos sabían lo especialmente peligrosos que eran aquellos soldados, puesto que llevaban las gorras verdes de la policía militar. Unos cuantos soldados desaparecieron dentro de la estación. El señor Huber corrió tras ellos.

—¡Ahí no vais a encontrar nada! –exclamó–. No me lo pongáis todo patas arriba.

Otros empezaron a inspeccionar los documentos. Pasaron junto a Bernd, lo empujaron al lado de una mujer, como si tuviese que pertenecer a alguien. Él se dejó hacer.

Desaparecieron con la misma precipitación con la que habían aparecido. Una mujer empezó a llorar. El señor Huber trataba de consolarla.

—No es nada –explicó ella–, solo son los nervios.

Pero el señor Huber no se dio por satisfecho.

—Son estos tiempos –dijo–, nos traen a todos de cabeza.

Entonces Bernd se percató de que el joven había desaparecido, se había esfumado. Su gran saco de marinero se había quedado allí, como un recuerdo suyo lleno de reproches. O bien los rusos se lo habían llevado, o bien había conseguido escabullirse.

—Ese tipo volverá en cuanto esto se haya despejado –dijo el señor Huber, como si pudiese leerle el pensamiento a Bernd.

—Me voy a volver loca de tanto esperar –se quejó una mujer.

También para ella el señor Huber encontró una respuesta tranquilizadora.

—Seguro que podrá aguantar unas horas más.

La señora Huber opinaba de otro modo.

—Nos vamos a aburrir bastante, cuando os hayáis marchado todos –exclamó desde arriba.

De repente, como si hubiese brotado del suelo,

el joven volvía a estar junto a su saco. Sonrió algo avergonzado, pero no dijo ni una palabra.

—Tenéis que tener paciencia -le estaba diciendo una mujer a sus dos hijos.

Bernd se sentó sobre una maleta; miraba sin ver, oía sin escuchar. Como tantas veces durante la huida, se quedó ensimismado, alerta, pero sin tomar parte en lo que estaba sucediendo. Pero esta vez, además, lo invadía un sentimiento de desesperanza. Quizá se debiera al cielo plomizo. Seguramente nada volvería a ser como antes. La guerra había cambiado a la gente. Sobre todo, al final. Prófugos que no hacían favores a nadie, siempre perseguidos, ansiando tener un techo sobre sus cabezas y siempre hambrientos. Sin tía Karla seguramente también él se habría convertido en uno de aquellos prófugos, mezquinos y estúpidos, siempre groseros con los hijos de los demás.

Se levantó de golpe. No tenía por qué estar allí amargándose. Aún le quedaba algo de tiempo.

—Me voy -le dijo al señor Huber-. Si viene tía Karla...

—Se lo diré -dijo el señor Huber-. ¿Vas a echarle un vistazo a la vagoneta?

No había pensado en ello. El señor Huber se lo acababa de sugerir. Saltó por encima de las maletas y Huber gritó a su espalda:

—No puedes montar en ella. La he bloqueado.

A cada paso que daba, se sentía más libre. Menos deprimido e impotente. Dejó de correr, caminaba despacio. Conocía bien aquel sendero. Incluso soñaba con él. Acarició la superficie de hierba con la palma de la mano. Echaba de menos a Leni, podía escuchar su risa alegre y oler su piel. Seguramente se enteraría demasiado tarde de que se había marchado. También deseaba, en el fondo, encontrarse con el fabuloso señor Maier. En la vagoneta, quizá. Le admiraba, incluso le gustaba un poco. Pero también le temía. En cualquier caso, era distinto a todos los hombres que conocía. Se dedicaba a algo prohibido. Era una especie de estraperlista. Incluso tía Karla había acudido alguna vez al mercado negro. Había cambiado un pequeño peine de plata por cigarrillos y después, algo avergonzada, se había excusado ante él: «¿Cómo piensas que es nuestro mundo de verdad, Prímula? Los oficiales nazis han hecho su agosto y ponen pies en polvorosa. Nosotros, los de a pie, tenemos que pagar por todo. Ya lo tenían previsto. A nosotros nos predicaban moral y coraje y ellos se comportaban como cerdos. Ahora nos vemos obligados a arreglárnoslas como sea, con poca o ninguna moral».

La vagoneta estaba en su sitio. Efectivamente, Huber había atornillado a las vías los frenos. Tenía que quedarse allí.

Bernd saltó encima de la plataforma. Otra vez se sintió transformado. Lo invadía una maravillosa fuerza liberadora. Prisionero de un sueño. Un sueño que formaba parte de ese lugar, lo mismo que el fabuloso señor Maier. Ahora todo estaba llegando a su fin. Pronto se marcharían de allí. Ya no le quedaba mucho tiempo. El suficiente como para dar un paseo por el bosque, el mismo donde se había encontrado al señor Maier aquella vez, mientras se llenaba los zapatos de billetes.

Andaba distraído. No se oían voces, ni ruidos fuertes. Solo un par de trinos de pájaros. De vez en cuando una rama crujía a su paso. Pronto tendría que dar la vuelta. Si volvía demasiado tarde, tía Karla se pondría histérica. Descubrió entre los helechos, junto a la cabaña con el tejado hundido, un bulto negro, extraño. Recordó las fosas de los soldados *wlassow*, el pie asomando de la tierra. Guiñó los ojos, se quedó mirando el bulto negro que tenía delante, se acercó unos cuantos pasos para ver mejor. Las moscas irisadas formaban una barrera y el olor era espantoso, dulce y pegajoso. Le producía náuseas.

Estaba tumbado boca abajo, enorme, un gigante desmoronado, con su traje negro. No podía tratarse más que del fabuloso señor Maier. A pesar de tener el rostro hundido en el suelo del bosque.

Las moscas zumbaban como locas. Todo lo demás era silencio, silencio aterrador.

Bernd descubrió un agujero ensangrentado en la chaqueta. Habían robado los zapatos del señor Maier, sus elegantes zapatos negros. Después de todo, lo habían descubierto y matado de un disparo.

Retrocedió un paso, sin quitarle los ojos de encima al muerto. De pronto, le entraron ganas de devolver el desayuno. Se encogió y vomitó.

Permaneció un rato agachado, los brazos cruzados sobre el pecho; después se limpió los labios, dio media vuelta y salió corriendo, sin fijarse por dónde iba. Atravesando aquella parte del bosque, tan familiar para él y que ahora se había convertido en un lugar prohibido.

Tía Karla estaba delante de la casa. Con ayuda de la señora Pluhar y la señora Trübner, cargaba el equipaje en una carretilla. Las mujeres charlaban con las cabezas juntas, asomadas por encima del montón de maletas y hatillos. Él se metió en la casa, sin llamar su atención.

La señora Pluhar ya había desmontado y recogido la habitación. Él ya no formaba parte de aquel lugar. Se sentó sobre la cama, que estaba sin hacer. Sus labios aún conservaban el sabor amargo del vómito. Se dirigió a un pequeño lavabo del pasillo y puso su cara bajo el chorro de agua. Escuchó pasos en la escalera.

Una mano se posó sobre su espalda.

—Ya estás aquí. Así me evito los disgustos.

Él sacudió la cabeza debajo del agua, cerró los ojos, se dio la vuelta, se echó sobre el pecho de tía Karla, la abrazó y comenzó a llorar.

—Vamos, vamos, Prímula –murmuró ella, asustada, y lo abrazó aún más fuerte. Durante un rato se quedaron quietos, sin hablar, hasta que oyeron abajo las voces de la señora Pluhar y la señora Trübner.

Tía Karla lo agarró por los hombros y lo apartó.

—No creo que te duela tanto la despedida. ¿O es que le has cogido cariño a este poblacho?

—No –respiró hondo–. No.

—¿Entonces? –lo miró a los ojos, animándole.

Él apartó de ella su mirada.

—Yo... –dijo. No encontraba palabras ni frases para lo que acababa de ver–. He...

—¿Qué?

—El señor Maier está en el bosque, muerto –por fin lo había dicho, como si lo hubiese vomitado de nuevo.

—Vaya, por Dios... –tía Karla lo arrimó de nuevo a su pecho y siguió hablando en voz baja por encima de su cabeza–. Así que han pillado al fabuloso señor Maier. A tu gran mago, el aventurero, el intocable –le acarició la espalda–.

No sé decirte si esto tenía que acabar así. Pero lo sospechaba. Porque tu señor Maier era el último entre nosotros que seguía haciendo la guerra, a su manera tal vez lo necesitara. Nunca le ha importado la paz. Seguramente tampoco quería volver a ser el que era antes. Así que interpretaba un papel que gusta mucho a los chicos como tú. Era libre como un pájaro.

Lo soltó, entró en la habitación, echó una ojeada para comprobar que no se olvidaban de nada, chasqueó la lengua, agarró a Bernd del brazo, se sacó un pañuelo del bolsillo de la chaqueta y le secó la cara. Lo hizo sin ironía, muy seria y llena de ternura, diciéndole:

—No olvidarás esa imagen durante el resto de tu vida, Prímula. Cualquier día te dirás: ocurrió el día en que de verdad acabó la guerra.

La señora Pluhar y la señora Trübner gritaron al unísono, escaleras arriba:

—¡Ya es la hora!

—No digas nada sobre el señor Maier, Prímula. Guarda la historia para ti. Llévatela contigo.

—¿Por qué? De todas formas, le van a encontrar.

—Entonces ya te habrás marchado y no tendrás nada que ver con ello.

Las mujeres, nerviosas, no le dejaron tiempo

para pensar. Caminó detrás de ellas. La señora Pluhar y tía Karla se adelantaron para tirar de la carretilla. La señora Trübner vigilaba que no se cayese nada.

—De todos modos, es mejor que lleguemos temprano.

—La gente se abrirá paso a codazos, sin miramientos.

—Bueno, ya nos haremos un hueco –dijo tía Karla para tranquilizar a las mujeres y a sí misma.

Había menos gente de lo previsto. Mujeres con sus hijos; el joven del macuto, como un perro de colores que intentara pasar desapercibido. El señor Huber iba escoltado por su mujer y por la señorita Janowitz, la cual seguramente ignoraba lo que había ocurrido con el fabuloso señor Maier. Cuando saludó con la mano a Bernd, el susto dejó sin respiración al chico durante un instante. Una vez que recobró el aliento, suspirando, la mano de tía Karla se posó suavemente sobre su hombro.

—Al parecer, mucha gente se ha marchado ya por su propia cuenta –constató la señora Pluhar, mientras conducía la carretilla directamente hasta la vía.

Cuando, para orgullo del jefe de estación, los pitidos intermitentes del primer tren regular, una vez acabada la guerra, anunciaron su llegada, apareció Perrín. Saltó sobre Bernd una y otra vez, gimoteando, y la señora Pluhar, que observaba el espectáculo, suspiró:

—Va a ser una tragedia para el animal.

Solo faltaban Leni y Poldi. Aparecieron cuando ya se hubo aplacado un poco el tremendo desconcierto y la rabia contenida. Porque el primer tren regular resultó que no era más que una locomotora. Los vagones debían de haberse perdido por el camino. Se habían esfumado sin más, pasajeros y personal incluidos.

La locomotora se detuvo pesadamente, echando humo, y era tal el jaleo que armaba, que ahogó por completo los suspiros y gritos de los decepcionados.

El señor Huber se quitó la gorra del uniforme y se guardó la señal en el bolsillo del pantalón. Estaba claro que se le había acabado la paciencia.

Desde la cabina del maquinista se asomaron dos hombres con las caras llenas de hollín y contemplaron, riéndose, a los que aguardaban.

El señor Huber dio un par de pasos adelante, levantó la cabeza y emitió una especie de graznido. Las cabezas del maquinista y el fogonero asintieron al mismo tiempo. Habían comprendido al señor Huber, sin que este hubiese pronunciado siquiera una palabra inteligible.

—Sí, sí –dijo uno de ellos.

—Llevábamos un tren en toda regla –añadió el otro.

—Pero... –consiguió por fin articular el señor Huber.

—Pero nada –le corrigió el fogonero.

—Han confiscado los vagones –añadió el maquinista.

—Los rusos –informaron ambos al unísono.

El señor Huber se marchó corriendo a la oficina. A través de la ventana abierta se pudo escuchar cómo telefoneaba a algún «alto cargo».

—¿Puedo contar con un reemplazo? –preguntó, y se respondió a sí mismo con voz entrecortada–: Entonces, no –completamente desconcertado, volvió a preguntar–: Sí, ¿pues qué debo hacer? Aquí hay gente que lleva esperando casi tres semanas –se quedó escuchando por el auricular, miró por la ventana a las mujeres y los niños que atendían en el más profundo silencio–. Claro, como excepción –dijo, poniéndose rígido–. Hablaré con el maquinista encargado. Es un honor –se inclinó y colgó con cuidado el auricular en su horquilla.

Bernd se arrimó a tía Karla. La señora Pluhar y la señora Trübner estaban apostadas detrás de ellos y sin duda constituían un buen apoyo. Perrín se abrió paso entre las piernas de Bernd.

Todos aguardaban, mudos, una palabra de consuelo.

Pero esta no llegó. El maquinista y su fogonero se apearon de la máquina, la multitud les abrió paso hacia Huber, quien no tuvo opción de informarles acerca de la llamada de teléfono. Porque el maquinista explicó que estaban muertos de hambre, que tenían el estómago por los suelos. Que en ningún sitio se habían apiadado de ellos, ni les habían ofrecido una sopa o pan. Tan solo les habían quitado los vagones, lo cual era una marranada sin igual. Pero ahora tendrían que comer algo, porque, si no, acabarían desmayándose. Y eso no se lo podían permitir.

—Ya os he puesto a calentar una sopa sustanciosa –gritó la señora Huber desde la ventana, con sus mejillas encendidas y, fuera de toda lógica, el turbante de la señorita Janowitz en la cabeza–. ¡Venid!

La solícita afabilidad de la mujer de Huber iba en contra de la férrea disciplina del ferrocarril.

—¿Cuánto tiempo os permiten parar? –preguntó el jefe de estación.

—Eso nos da igual, porque ya no somos un tren en condiciones, solo una locomotora.

Lo cual era evidente para el señor Huber.

La tensión fue disminuyendo entre los que esperaban. Un par de mujeres se dieron por vencidas y se encaminaron con sus hijos de vuelta a la ciudad.

Tía Karla y sus amigas se sentaron en el banco. Por si acaso, dejaron la carretilla con el equipaje cerca de la locomotora. Poco a poco Bernd volvió a quedarse absorto. A veces, sobre todo cuando no sabían qué hacer, los mayores se dedicaban a hacer teatro, estaba claro. Se fue alejando de los adultos, sin levantar la vista, con los ojos clavados en el suelo. Siguió los raíles, sobre los que habían viajado en la vagoneta con el viento de frente.

—Alto, alto –exclamó tía Karla–, ¿qué te propones? ¡No puedes marcharte ahora, Bernd!

Él se detuvo, se volvió hacia ella.

—¿Puedo dar una vueltecita por ahí?

Tía Karla se reclinó, resuelta, sobre el respaldo del banco y aclaró:

—No, no puedes.

Él asintió con la cabeza, sin decir nada, se sentó en el borde del terraplén, dejó que la hierba se deslizase entre sus dedos y trató de luchar contra la opresión de su pecho, contra las lágrimas.

De pronto estaba sentado entre ellos. Se habían acercado con sigilo, Leni y Poldi. Habían llegado.

—De la escuela a casa y, luego, aquí –dijo Poldi con la respiración entrecortada.

Leni se estiró el vestido sobre las rodillas.

—A lo mejor, ahora os tenéis que quedar porque no se puede marchar nadie en la locomotora.

—No lo sé.

—A mí me parecería estupendo –dijo ella.

—A mí también –dijo Poldi–. Podrías venir a la escuela con nosotros y seguro que encontraríais un sitio decente para vivir.

—Con nosotros –dijo Leni, y añadió en un tono algo más confidencial–, si a papá le parece bien –quiso agarrarse a su mano. Él la retiró.

Le gustaba Leni. Pero no quería quedarse. El fabuloso señor Maier, que yacía muerto en el bosque, era el culpable de su marcha. Leni y Poldi estaban en casa. Él y tía Karla se habían visto obligados a quedarse allí, porque no había trenes. Nada más.

—Todo esto es bonito –dijo Poldi–, a mí no me gustaría estar en ningún otro sitio.

—Brünn era igual de bonito. Más bonito todavía –Bernd encogió las piernas y apoyó la barbilla sobre las rodillas. Sentía de verdad cada palabra que decía–. Pero Brünn no está aquí.

—Sí –dijo Leni en voz baja. Él no estaba seguro de que ella le hubiese entendido.

—Algo pasa -Poldi se incorporó de golpe, Leni tomó a Bernd de la mano y esta vez él se agarró con fuerza.

El señor Huber se había situado delante de la estación, con el maquinista y el fogonero, y levantó el brazo.

—¡Escuchad!

Bernd soltó la mano de Leni y se marchó corriendo adonde estaba tía Karla. Perrín estaba muy formal, sentado junto a la señora Pluhar, como si ya se hubiese decidido.

—Hemos tomado una decisión. En contra del reglamento. No podéis esperar eternamente -explicó el señor Huber-. Ruego a las madres que se reúnan con sus hijos. Enseguida os enteraréis del porqué. Tranquilos, por favor.

Las mujeres llamaron a los niños, los sujetaron, arrimándolos hacia sí. También Bernd se arrimó a tía Karla

—Ahora va en serio -dijo ella.

—Unas cuantas de vosotras podéis viajar en el ténder de la locomotora. Encima del carbón. Naturalmente, durante el viaje éste irá disminuyendo. Está claro. Pero como esto no está exento de riesgos y es responsabilidad del maquinista, hemos decidido que las mujeres con hijos menores de doce años se queden -esas últimas frases las había pronunciado el señor Huber casi susurrando. Sabía lo que iba a suceder. Mujeres vociferando, acosándole y tratando de convencerle.

—Tú tienes más de doce –murmuró tía Karla–. Ni siquiera tenemos que recurrir a engaños.

El señor Huber estuvo discutiendo, disculpándose, compadeciéndose; la señora Huber, consolando, y la señorita Janowitz, secándose las lágrimas de los ojos.

El maquinista, junto con el fogonero, emplearon un procedimiento más drástico. Seleccionaron a los «pasajeros». Al joven le dijeron que si quería acompañarlos, tendría que trabajar: ayudar al fogonero. El hombre no se lo hizo repetir dos veces.

Leni abrazó a Bernd.

—Ahora tendré que darte un beso.

Después, fueron las mujeres las que lo abrazaron tan fuerte que casi se quedó sin aire. La señorita Janowitz olía a *Juchten.* Seguro que el perfume era un regalo del fabuloso señor Maier.

Uno tras otro treparon al ténder por la estrecha escalerilla de hierro.

Perrín dio dos ladridos cortos y secos.

Al fondo iban sentadas seis mujeres y cuatro niños al borde de la montaña de carbón, que iba bajando de nivel cuando el fogonero abría una trampilla.

—¡Adiós! –gritaban desde abajo–. ¡Buen viaje!

Las mujeres y los niños que no podían acompañarlos se habían quedado en un grupo aparte.

El señor Huber levantó la señal de salida y silbó. Pero el sonido apenas pudo oírse. Se conoce que el silbato no soportaba tanto tiempo en desuso. Para compensar, el maquinista hizo pitar aún más fuerte a la locomotora.

¡Estaban en marcha!

Tía Karla encendió un cigarrillo.

—He cambiado una barra de labios por este paquete.

El fogonero y su nuevo ayudante levantaban paladas de carbón y llenaban sin cesar la caldera. El nivel de los terrones bajaba a cada paso.

—¡Tenéis que sujetar a los niños! –gritó el fogonero.

—Esto es como el fuego del infierno –dijo una mujer, riéndose y limpiándose el hollín de la cara.

—Solo queda por saber de qué tenemos que arrepentirnos –tía Karla volvió a tirar de Bernd para subirlo hacia ella.

—Vamos a tener que lavarnos durante un día entero –dijo una niña.

—A cambio, esta noche estaremos en Krems, si es verdad lo que dice el maquinista.

—Y si hay suficiente carbón.

Ya no podían ver nada por encima del borde del ténder.

La locomotora condujo tan insólita carga a su meta, Krems. Allí se quedaron en el andén, como un encargo olvidado.

—Tal como estamos, seguro que no nos admiten en ningún tren normal.

—A lo sumo, en otra locomotora.

La estación estaba oscura y no había ni un alma.

—¡Venid!

Las mujeres y los niños siguieron a ambos ferroviarios por el andén y las vías hasta un barracón, en el cual había un gran cuarto de aseo.

—Daos prisa. Solo tenéis media hora –dijo el maquinista–, después no quiero ver más que pieles tan rosas como las de los cerdos. Sacudíos el hollín de los vestidos como podáis. Gracias a Dios, no ha llovido.

—Me siento como nueva –afirmó tía Karla algo más tarde y decidió informarse de cuándo saldría un tren hacia Viena o al menos en esa dirección–. Ahora ya no nos detendrá nada ni nadie, Prímula.

13 *¿Y qué más?*

LLEGARON –tal como tía Karla se lo había propuesto– a Viena. Los últimos kilómetros los hicieron, incluso, en un tren de línea regular. Por fin se acabaron las esperas. Encontraron una vivienda. Tía Karla, un compañero, con el que Bernd se entendía perfectamente. El chico volvió a la escuela tras casi un año de ausencia y tuvo que recuperar un montón. Como muchos otros, fueron primero refugiados. Años después, emigrantes. Finalmente, ciudadanos. Hoy día, Bernd, que ya es padre de varios hijos, sigue soñando con el fabuloso señor Maier. En sus sueños, el hombre no dice ni una palabra, pero tampoco está muerto.

Índice

Si te ha gustado este libro, también te gustarán:

En el lugar de las alas, de David Almond

El Barco de Vapor (Serie Roja), núm. 132

Me lo encontré en el garaje una tarde de domingo. Estaba tumbado en la oscuridad, en medio del polvo y la cochambre. Se le veía sucio y pálido y seco, y creí que estaba muerto. Pero nada más lejos de la realidad. Pronto descubriría que jamás había existido otra criatura igual en el mundo.

Entre dos buenas rachas, de Irene Dische

El Barco de Vapor (Serie Roja), núm. 136

La vida de Peter transcurre entre la alegría desbordante de su padre, el diplomático Laszlo Nagel, y la rectitud austera de su abuelo, el doctor Nagel; entre el ambiente lujoso del Berlín que presagia la tragedia de la guerra y la soledad de una granja húngara. Un mundo que termina y una vida que comienza. Etapas de tristeza y etapas de felicidad...

Relato de un verano, de Patricia Reilly Giff

El Barco de Vapor (Serie Oro Roja), núm. 16

1944. Ese año, como otros, Lily planea un verano espectacular en la casa de la costa. Pero con la Segunda Guerra Mundial como telón de fondo, las cosas no pueden ser iguales. Margaret, la amiga de Lily, se va a vivir a otra localidad y, mucho peor todavía, su padre marcha camino del frente europeo. Además, Albert, un refugiado húngaro, llega al pueblo. Y viene con un secreto cosido en el cuello del abrigo...

EL BARCO DE VAPOR

SERIE ROJA (a partir de 12 años)

2 / *María Gripe,* **La hija del espantapájaros**
11 / *José A. del Cañizo,* **El maestro y el robot**
22 / *José Luis Olaizola,* **Bibiana y su mundo**
36 / *Jan Terlouw,* **El precipicio**
37 / *Emili Teixidor,* **Renco y el tesoro**
39 / *Paco Martín,* **Cosas de Ramón Lamote**
49 / *Carmen Vázquez-Vigo,* **Caja de secretos**
50 / *Carol Drinkwater,* **La escuela encantada**
52 / *Emili Teixidor,* **Renco y sus amigos**
53 / *Asun Balzola,* **La cazadora de Indiana Jones**
57 / *Miguel Ángel Mendo,* **Por un maldito anuncio**
60 / *Jan Terlouw,* **La carta en clave**
64 / *Emili Teixidor,* **Un aire que mata**
65 / *Lucía Baquedano,* **Los bonsáis gigantes**
67 / *Carlos Puerto,* **El rugido de la leona**
69 / *Miguel Ángel Mendo,* **Un museo siniestro**
71 / *Miguel Ángel Mendo,* **¡Shh... Esos muertos, que se callen!**
72 / *Bernardo Atxaga,* **Memorias de una vaca**
75 / *Jordi Sierra i Fabra,* **Las alas del sol**
76 / *Enrique Páez,* **Abdel**
77 / *José Antonio del Cañizo,* **¡Canalla, traidor, morirás!**
80 / *Michael Ende,* **El ponche de los deseos**
83 / *Ruth Thomas,* **¡Culpable!**
84 / *Sol Nogueras,* **Cristal Azul**
85 / *Carlos Puerto,* **Las alas de la pantera**
86 / *Virginia Hamilton,* **Plain City**
87 / *Joan Manuel Gisbert,* **La sonámbula en la Ciudad-Laberinto**
88 / *Joan Manuel Gisbert,* **El misterio de la mujer autómata**
89 / *Alfredo Gómez Cerdá,* **El negocio de papá**
90 / *Paloma Bordons,* **La tierra de las papas**
91 / *Daniel Pennac,* **¡Increíble Kamo!**
92 / *Gonzalo Moure,* **Lili, Libertad**
93 / *Sigrid Heuck,* **El jardín del arlequín**
94 / *Peter Härtling,* **Con Clara somos seis**
95 / *Federica de Cesco,* **Melina y los delfines**
96 / *Agustín Fernández Paz,* **Amor de los quince años, Marilyn**
97 / *Daniel Pennac,* **Kamo y yo**
98 / *Anne Fine,* **Un toque especial**
99 / *Janice Marriott,* **Operación «Fuga de cerebros»**
100 / *Varios,* **Dedos en la nuca**
101 / *Manuel Alfonseca,* **El Agua de la Vida**
102 / *Jesús Ferrero,* **Ulaluna**
103 / *Daniel Sánchez Arévalo,* **La maleta de Ignacio "Karaoke"**
104 / *Cynthia Voigt,* **¡Pero qué chicas tan malas!**
105 / *Alfredo Gómez Cerdá,* **El cuarto de las ratas**
106 / *Renato Giovannoli,* **Los ladrones del Santo Grial**
107 / *Manuel L. Alonso,* **Juego de adultos**
108 / *Agustín Fernández Paz,* **Cuentos por palabras**
109 / *Ignacio Martínez de Pisón,* **El viaje americano**
110 / *Paolo Lanzotti,* **Kengi y la magia de las palabras**
111 / *Paul Biegel,* **Vienen por la noche**
112 / *Adela Griffin,* **Mejor hablar a tiempo**
113 / *Josef Holub,* **Mi amigo el bandolero**
114 / *Uri Orlev,* **El hombre del otro lado**
115 / *José María Plaza,* **De todo corazón**
116 / *Joan Manuel Gisbert,* **El talismán del Adriático**
117 / *Laura Gallego García,* **Finis mundi**
118 / *Virginia Euwer Wolf,* **¿Hacemos limonada?**
119 / *Gudrun Pausewang,* **¿Oyes el río, Elin?**
120 / *Jack Gantos,* **Joey Pigza se tragó la llave**
121 / *Sigrid Heuck,* **La canción de Amina**
122 / *Jordi Sierra i Fabra,* **Las historias perdidas**
123 / *Eva Piquer,* **La chica del tiempo**
124 / *Christine Rettl,* **¿Dónde está papá?**